诗韵如歌

张实国 著

远方出版社

图书在版编目（CIP）数据

诗韵如歌/张实国著. -- 呼和浩特：远方出版社，
2024.7. -- ISBN 978-7-5555-2072-6
Ⅰ.I227
中国国家版本馆 CIP 数据核字第 2024AE9327 号

诗韵如歌
SHIYUN RUGE

著　　者	张实国
责任编辑	奥丽雅
封面设计	青年作家网
版式设计	王改英
出版发行	远方出版社
社　　址	呼和浩特市乌兰察布东路 666 号　邮编 010010
电　　话	（0471）2236473 总编室　2236460 发行部
经　　销	新华书店
印　　刷	三河市嵩川印刷有限公司
开　　本	880 毫米 ×1230 毫米　1/32
字　　数	160 千
印　　张	9.5
版　　次	2024 年 7 月第 1 版
印　　次	2024 年 7 月第 1 次印刷
标准书号	ISBN 978-7-5555-2072-6
定　　价	59.00 元

如发现印装质量问题，请与出版社联系调换

感受诗歌的力量

◎黄叶飘飞

说到诗歌,大凡喜欢诗歌的人都会想到唐诗,想起唐诗的经典名句,还会情不自禁地吟咏几句。是的,唐诗太经典。唐诗不仅向我们展现了唐代的盛衰,也展示出一群卓绝风华、风格高雅的诗人。比如,诗仙李白、诗圣杜甫、诗魔白居易、山水田园派诗人王维和孟浩然等。那些流传至今的精品佳作给我们留下了无限美妙想象的诗意空间。比如,"海上生明月,天涯共此时"(唐·张九龄《望月怀远》),一下就拉近了思念的情感距离;"举头望明月,低头思故乡"(唐·李白《静夜思》),一下就把思念故乡的情怀吐露无遗。在唐朝,这些画面幽美、传递情思的诗句多得不胜枚举,每每品之,感慨不已。这就是诗歌所传递的力量,但也只是诗歌的力量所传达的一个小小的诗意的部分。

那天,打开手机,看到张实国诗友留言,说是准备出本诗集,请我作序。缘于我和张实国诗友这几年的诗歌交情,缘于都是诗歌爱好者,就答应让他发文档给我。第二天,打开诗集文档,跃入眼帘的标题是《诗韵如歌》,我知道,他热爱诗歌,通晓诗歌的力量。当然,一分喜爱、一分付出、一分收获,张实国诗友在诗歌方面也取得了不菲的成绩,让人喜悦,让人敬佩,让人感慨万分。于是,我怀着一颗对诗歌的敬仰之心,去感受这《诗韵如歌》。

《诗韵如歌》的开篇是三行微诗。微诗,即微型诗,顾名思义,微小的诗,用现在的标准——不超过三行、不超过三十个字的诗。在这百余首微诗里,我随着诗歌意象描绘的时空,一会儿走进百花盛开的春天,一会儿走进炙热的夏天,一会儿走进秋风秋雨秋凉的秋天,一会儿走进一片冰清的冬天。如此漫游了四季时光,可诗人和诗歌的情感仍旧在四季的时空里继续行走,又走进了下一个四季的轮回。这些反复歌咏四季的微诗,竟然有那么多的诗情画意点缀其间,居然有那么多的情感在里面激荡,激荡着亲情、友情、爱情,无论哪种情感都是那么触动人心。

比如微诗:

家乡的小河

迎春花展露笑脸

家乡的溪水，欢快流淌

朝家的方向，纵情歌唱

　　此微诗的魅力在于诗歌明快的节奏，于我们眼前跳荡出一幅人与大自然和谐欢愉的鲜活场面。

桃　雨

泛起的红晕

粉嘟嘟

春风拂过，遍地美丽

　　此微诗仿佛让我们看到了一片桃花粉红、美丽、可爱的桃林，又魔幻般地演绎出一个春风轻拂、桃花纷飞、花瓣遍地的美景。

回乡偶记

不见记忆里熟悉的村庄

眼前的故乡，楼房一幢幢

妻儿问我，我们家住几号

此微诗让人感受到故乡发生的翻天覆地的变化，主人公回到故乡居然找不到家了。其实，对于在外工作和生活的人，偶然回故乡，这种感受是很真实的。如同我现在回老家，也不知父母现在住的楼是多少号，要由父母领着才能找到家。

清明寄怀

把思念化成新土

添上一把纸钱

再添，泪流满面

清明祭奠的场面十分逼真，让人感动。想来，每个为长眠于地下的亲人上坟的人都会有此感伤。这也是诗歌传达的思念情怀所引发的共鸣。

军营之歌

回响在行进的路上

越过高山，穿越海洋

退伍的梦里，轻轻哼唱

此微诗干净利落,让人仿佛听到了一曲激越高亢的《军营之歌》。最让人回味的是尾句,不仅把这歌声衔接到梦里,回味无穷,而且衔接得恰到好处,把一个退伍军人热爱军营、热爱军营之歌的情怀展露得淋漓尽致。

乡　愁

远离故乡
站在村口的母亲
睡梦里把我呼喊

此微诗散发的是母子相隔两地、彼此思念的情感,着实令人伤感、纠结、无奈。这乡愁,或许唯有梦见母亲才能慰藉心灵,慰藉思念之情。

茶　水

老家的那把茶壶
当我走进家门时
父母抖动的双手已把亲情沏满

朴素的表达,一个回家的场面被三行微诗演绎得如此逼真，有现场感，且充满亲情的温馨、温暖，父母的慈爱也如春雨般悄然润入心田，甚是可叹。

栽 树

三月的风与我相约

田野，一棵幼苗

希望，在绿色中长大

是的，春天是播种的季节，是耕耘的季节。此微诗让人看到春天的力量、种子的力量、希望的力量以及微诗传递的力量。

荷塘听雨

远望荷花

在雨中，摇曳争艳

调皮的青蛙，跳立荷叶

美景如画、动感十足的《荷塘听雨》，不仅诗人在听雨，荷塘在听雨，荷花摇曳着身姿听雨，就连调皮的青蛙也跳到荷叶上听雨。当然是诗人捕捉到这个"荷塘听雨"

的诸多画面和细节并通过微诗刻画了出来,而意境意蕴呢?想必是太平盛世才有的景象吧!可见微诗,诗微意不微。

春的故事

乍暖还寒的初春

鲜花跳跃枝头

美丽,慢慢绽放

这是一首不错的微诗,一幅初春的景象贴切地涌现出来。第二句的"跳跃"一词,运用极妙,使一个静态的"鲜花"灵动、活泼、有趣起来。尾句也提升得非常妙,原来美丽是慢慢绽放的。仔细一想,也是这样,美丽确实是慢慢绽放的,也是一天一天越长越美丽的。

原来微诗也能讲述如此美丽、鲜活且能生长无限美丽想象的春天的故事。

至此,大略感受了《诗韵如歌》的微诗部分,再感受一下古韵魅力。

记者节感怀（中华新韵）

手无寸铁兵千万，使命责任社会观。

不忘初心担使命，情怀捧给世人看。

此诗让我看到记者的工作性质、责任担当以及对世人的尊重和他们忠诚、炽热的坦荡胸怀。这首诗不仅说出了作者自己曾经作为电视台记者的形象与心声，也展现了广大记者的形象与心声。

因篇幅有限，仅举一例大略欣赏。现在，让我们一同走进《诗韵如歌》里的"歌词世界"，去聆听歌词的悠扬旋律。

我想唱首歌

我想唱首歌

一首喜欢的歌

歌词我来写

曲子我来做

歌中只唱您

我亲爱的祖国

自从这个世界有了我

我就热爱着您

我亲爱的祖国

……………

通俗易懂的歌词,抒发了作者对祖国浓厚的热爱之情。

我爱这身橄榄绿

水兵爱大海

骑兵爱草原

空军爱蓝天

你问我是什么兵

那就请你看一看

这身橄榄绿

保卫着祖国

捍卫着尊严

自豪的人民武警

祖国的忠诚战士

把警营长城筑建

……………

此歌词酣畅淋漓地抒发了一名战士对祖国的热爱、赞美以及愿为祖国奉献一切的雄心壮志。作者曾经是一名战士，这种情感是发自内心的、情不自禁的、胸怀高远的。

这首歌传递出一种怎样的能量？让我们借助诗歌传递的力量去自由想象吧。

我热爱我的家乡

我热爱我的家乡

我的家乡不像东北有大豆高粱

我的家乡不像江南鱼米水乡

我的家乡不像四川风景秀美

我的家乡就在美丽的鲁西北

现在的名字还不是那么响亮

…………

此歌词让人感受到一种热烈奔放的热爱家乡的情怀，也感受到诗人家乡的特色风味与独特风韵，意味悠长，令人向往。

歌唱北京

想想当年很年轻

报效祖国来北京

我爱北京天安门

更爱歌唱东方红

想想当年很年轻

穿上军装守北京

迎接外宾展英姿

铜墙铁壁护长城

…………

《歌唱北京》唱出了北京的美好、北京的厚重,唱出了"我"这个北京兵对北京深厚的情、深厚的爱,表达了"我"保卫祖国、报效祖国的志向和决心。这也表达了军人的雄心壮志,唱出了军人的心声。

下面,我们再走进《诗韵如歌》的现代诗韵园地去感受现代诗韵的魅力。

荷塘月色

　　牧童归来,炊烟升起

　　家边的荷塘,蛙鸣阵阵

　　乡亲们回家

　　倚门而坐

　　小院里传来的温馨

　　说笑的高嗓音,乘着月色

　　围坐在池塘边,手里的蒲扇

　　一边赶着时光,一边吹着乡音

　　此诗短小精悍,描绘了一幅乡村人夏天生活的鲜活场面,也呈现了农村与荷塘月色融为一体的和谐美景,让人们感受到浓郁的田园生活气息和浓厚的乡里乡亲的朴素情怀。

我自豪,我曾是一名武警仪仗队员

　　夜里时常梦见

　　嘴里经常默念

　　向右看,举枪

多么熟悉的军乐

多么熟悉的场景

经常在电视和梦里出现

我总是心潮澎湃，激动万千

想起我和我的战友

曾经的武警仪仗队员

············

此诗让人感受到曾是仪仗队一员的诗人对队伍的热爱和对战友的热爱以及对祖国的热爱。这里也包含了队友之间的热爱之情，包含了军人对祖国的热爱之情。多么高尚的军人气质，令人敬佩！

新诗的诱惑

我喜欢诵读

唐诗三百首

千家诗的魅力

经典永流传

············

此诗意境宏阔，腾跃着诗人的梦想，腾跃着诗歌的魅力，腾跃着诗歌文化几千年来的传承与发扬。

合上文档，思绪万千，《诗韵如歌》令人无限感慨，一首首诗歌让我们捕捉到四季充满诗意的神奇变化，感受到人生如四季的神奇变化，捕捉到四季的美丽与苍凉，感受到人生的风云变幻无常。

记得我曾经在上海一个民间诗社举办的关于诗歌写作的讨论会上说了自己的一番心里话——唐诗宋词的诗人们能写出充满时代气息、充满爱国情怀的诗歌作品，让我们触摸到他们的情感，感受到他们的快乐与悲伤，而今，作为现代诗人，享受着如此美好的生活，为何不用诗词来讴歌美好生活？为何不把这种美好生活来之不易的经历叙述出来？让历史和后人记住新时代的新诗。新时代有多少美好的故事、美好的生活、美好的景象和美好的前景等着诗人们去讴歌、去抒发、去描绘啊！

通读《诗韵如歌》，此诗集中形式多样，意象丰盈、生动，内容丰富，通俗易懂，言浅意深，诗情饱满、热烈，诗情画意的意境给人无限想象。最难能可贵的是，此诗集里的诗歌饱含着诗人发自内心的真情实感，从这些真情实感里无不反馈出一个时代的美好面貌，无不反馈出美好的生活气息。

　　当然，此诗集中还有一些诗作需去粗取精、精炼语言、精雕细刻，还需升华诗意、意境。我相信，张实国诗友通过对本诗集初稿的修改，定会达到臻美的境界。

　　黄叶飘飞读《诗韵如歌》的一点感受，与大家共勉。是为序。

　　最后，祝张实国诗友的诗集《诗韵如歌》早日顺利出版。祝诗友新年阖家安康，快乐幸福！

黄叶飘飞，中国作家协会会员

2020年2月1日于上海金山

目录

三行微诗

微型诗····················3
春　草····················3
春　雷····················3
春　雨····················4
春从南来··················4
春的吟唱··················4
春　序····················5
春　芽····················5
家乡的小河················5
展望三月··················6
春之歌····················6
向　往····················6
国家的力量················7
水························7
贺福建舰入水··············7
蜻　蜓····················8
阅　读····················8
龙华革命烈士陵园··········8
上海植物园················9
四行仓库··················9
震川书院··················9
绿色古镇··················10

诗韵如歌

深　春	10
烟火的味道	10
端午情	11
花落无声	11
野　花	11
滴　绿	12
波光里的掠影	12
唤醒一片绿	12
蛙　鸣	13
人民的名义	13
柳　风	13
桃　雨	14
诗江南	14
春　语	14
四　月	15
回乡偶记	15
与你在一起的日子	15
清　明	16
清明寄怀	16
踏　青	16
山间竹笋	17
落花春水	17
小城故事多	17
窗外这场春雨	18
展望五月	18
思　念	18
刈　麦	19
高考前的准备	19
小镇姑娘	19

诗韵如歌

军营之歌	20
军　魂	20
军　旗	20
不写桃花	21
唠　嗑	21
杏　花	21
乡　愁	22
茶　水	22
骑　行	22
三河湖	23
路	23
回　归	23
红灯笼	24
大雪的日子	24
散　步	24
与冬书	25
冬　闲	25
栽　树	25
美好的邂逅	26
巾帼颂	26
想起父亲	26
端午情怀	27
粽叶飘香	27
陌上花开	27
母　爱	28
母　亲	28
窝	28
南京路步行街	29
漫步思南路	29

诗韵如歌

荷塘听雨	29
清晨蝉鸣	30
外　滩	30
永久牌自行车	30
静安寺	31
八　月	31
八一情	31
时间流逝的声音	32
西桥东亭	32
长　宁	32
动物园的世界	33
盛夏，在一首诗中纳凉	33
晚来风急	33
月是故乡明	34
岁　月	34
春的故事	34
童　趣	35
想起那个缸子	35
国庆抒怀	35
话宝山	36
腊　梅	36
梅　园	36
松	37
在声音里读你	37
风筝的天空	37
走进奉贤	38
红　船	38
延　安	38
端午节	39

诗韵如歌

结缘美好	39
香飘麦田	39
小满天	40
初　夏	40
翠　微	40
毕业群	41
热	41
杨浦大桥	41
彤　云	42
雪点梅心	42
桥	42
虚　构	43
原野的浪漫	43
七夕心语	43
生态农庄	44
乡村野游	44
你是我的风景	44
乡村茶馆	45
雨　声	45
话松江	45
良　渚	46
话佘山	46
牵手远方	46
飘远的红丝带	47
背　影	47
爱我中华	47
美丽家乡	48
莲语浅浅	48
向梦想进发	48

教师节抒怀	49
中秋吟	49
秋　野	49
桂花飘香	50
收　获	50
秋　分	50
话重阳	51
菊　韵	51
秋天的傍晚	51
诚　信	52
红　叶	52
藕断丝连	52
冬日私语	53
以书为友	53
梅　花	53
仰望春天	54

格律新韵

贺《诗刊》创刊六十年	57
重　阳（平水韵）	57
勤　奋（中华新韵）	57
招　考（中华新韵）	58
惊　蛰（中华新韵）	58
农民节（中华新韵）	58
参观杨柳雪村史馆（中华新韵）	59
战友相聚有感（中华新韵）	59
与连襟就餐有感（中华新韵）	59
新农村（中华新韵）	60

普安红（中华新韵）………………… 60
茶　园（中华新韵）………………… 60
茶香满园（中华新韵）……………… 61
记者节（中华新韵）………………… 61
改革巨变（中华新韵）……………… 61
记者节感怀（中华新韵）…………… 62
与首长通话有感（中华新韵）……… 62
黄　河（平水韵）…………………… 62
沿黄发展有感（平水韵）…………… 63
黄河入海流（平水韵）……………… 63

童真童趣

劳动最光荣………………………………… 67
学打篮球…………………………………… 68
小蜗牛……………………………………… 68
鸟　巢……………………………………… 69
蚊　子……………………………………… 69
故　乡……………………………………… 70
幸福图……………………………………… 70
家乡美……………………………………… 71
槐花馒头…………………………………… 71
梧桐花……………………………………… 72
雨中交警…………………………………… 72
盼春风……………………………………… 73
我爱山茶花………………………………… 73
槐树叶……………………………………… 74
什么花……………………………………… 75
过年喽……………………………………… 76

虎年到	76
滨州美	77
小鱼缸	77
二　胡	78
千岛湖	78
夜游千岛湖	79
美丽千岛湖	79
千岛美如画	80
万千童谣	81
小蝌蚪找妈妈	82

歌词天地

我想唱首歌	85
我爱这身橄榄绿	87
盼相逢	90
我热爱我的家乡	94
品质滨城路上我和你	96
本色家园	98
歌唱北京	100
北京，北京	102
有爹有妈才有家	104
滨城广电之歌	106
战友情	109
生活如歌	111
征　途	113
跟党走	115
姐　姐	116
致敬英雄	118

中国美	120
正月十五闹元宵	121
阳光照耀你我	123
故乡情	124
乡情月儿圆	126
滨城公安颂	128
战友相聚去太原	130
当兵不后悔	132
黄河颂	134
追　梦	136
一起向未来	138

现代诗韵

春　雨	143
写一首情诗给兰州	145
边疆战士	147
志愿者之歌	149
春天的草原	151
马儿铃声响叮当	152
征　程	154
天蓝云白人人爱清廉	155
雀之灵	157
写　你	158
相约楼兰雀	160
我的父亲母亲	161
回家的感觉真好	162
怀念母亲	163
手擀面	164

我的梦想	166
清明祭	168
记得，你还有我	171
眺望远方	173
筷子，我爱你	174
节日里的温馨	176
春天已近	178
礼　物	179
警钟长鸣，安全安全	180
充满阳光的冬季	182
金秋，在上海与你相遇	184
有缘相遇，荣幸三生	187
难忘战友情	190
春风春雨	195
黄河春色	197
滨州之春	199
四月，在一朵花上寻你	201
最亮的光芒	203
爱情不会变老	205
绿色军营战友情	207
我自豪，我曾是一名武警仪仗队员	211
新诗的诱惑	217
春到滨州	220
家园里的诗行	222
走向小康生活	224
母亲河	226
庄　稼	227
心寻一座未见的山	229
童　年	231

快乐的小鸟	232
致　敬	233
山　水	235
快　递	237
西　瓜	239
美丽的遇见	241
春天在哪里	243
祖国的春天	244
歌颂祖国	246
太湖山图水影景色美	248
以春天的名义	250
王家庵扶贫诗笺（组诗）	252
久别的故乡（组诗）	258
酒香醉人（组诗）	262
黄河岸边是故乡	266
后　记	271

三行微诗

微型诗

短短三行

抒不尽家国情怀

道不完故土乡情

春　草

为百花盛开兴奋时

是否也会注意

倔强的绿

春　雷

初春一股暖，迎春花开

涓涓细流，麦苗羞涩舒展

好雨知时，静听风雨

春　雨

淅淅沥沥，落地如金

远望近亲，麦苗泛绿

冰河消融，欢喜来临

春从南来

花开的范围向北扩展

冰雪以最快的速度消退

花红柳绿，追逐人们的笑脸

春的吟唱

释放等待已久的心情

杏梨吐白，柳树吐芽

山花烂漫，双脚丈量春天

春　序

小草扎破土地

耕牛披挂上阵

放眼的绿，告别严冬

春　芽

揉醒睡梦中的眼睛

抖搂一个冬天

暖风唤醒小草树木

家乡的小河

迎春花展露笑脸

家乡的溪水，欢快流淌

朝家的方向，纵情歌唱

展望三月

人勤地不懒，草苗返青

规划一年，撸起袖子

梦想启程

春之歌

田野里辛勤的老农

规划一年的心事

杨柳吐露春的故事

向　往

眺望远方的那片白云

轻轻地追忆往事

还是放不下心中的念想

国家的力量

拳头凝聚成光芒

鲜血沸腾聚力量

昂首挺胸，屹立东方

水

点点滴滴，滴滴点点

生命的源泉

朝朝暮暮，永远相伴

贺福建舰入水

没有什么不可能

你是大海里的英雄

国富民强，平稳远行

蜻　蜓

飞来飞去，一片天地

离不开家园故土

青山常在，绿水长流

阅　读

把一个字一行字

用眼睛和心灵收集

碰撞火花，洗涤思想

龙华革命烈士陵园

灵魂触碰鲜血

先烈忠骨，碧血丹心

瞻仰，不能忘却

上海植物园

霞光披身，花红柳绿

知名与不知名偶遇

相互解说，绿色永恒

四行仓库

密密麻麻的印记

故事里的故事

只要提及，依然美丽

震川书院

静静的，书页沙沙响

朗朗的，读书人的心

一页一页，动与静悄悄走进

绿色古镇

乡愁跌落在波光里

梦里梦外的思绪

在深深的印记里梦游

深 春

桃花雨落,柳絮飘飘

眼瞅着麦苗拔高

辛勤的老农田间弯腰

烟火的味道

乡愁的味道,思念的情调

一杯酒,一幅画,梦入梦醒

钻进故乡,烟雾缭绕

端午情

星星点点,浮出水面

鼓声阵阵,摇旗呐喊

为了不能忘却的纪念

花落无声

冰河消融水流去

花开花落几番晴

愿闻其详,静听其声

野 花

漫山遍野的浪漫

山川河流的秀美

张张笑脸,惹人喜爱

滴　绿

春风高兴地吹来吹去

高扬的风沙忽高忽低

远处，那一抹绿高傲地站立

波光里的掠影

春暖花开，冰河流淌

暴露在阳光下，百般娇媚

粼粼波光里，好一个俊俏模样

唤醒一片绿

杨柳吐绿，春回大地

人早地勤地耕耘

春意盎然，勃勃生机

蛙 鸣

白天的那场大雨

池塘的积水，上涨

夜晚，传来阵阵咕嘎声

人民的名义

谁把人民挂在心上

人民就把谁力挺

牢记，权力人民赋予

柳 风

一抹绿钻出

扒眼望春风

迷失在春天里

桃　雨

泛起的红晕

粉嘟嘟

春风拂过，遍地美丽

诗江南

乌篷船载着乡愁

喜怒哀乐的文字

凝练成诗句

春　语

鸟立枝头高声鸣唱

杨柳吐绿绽放新枝

杏花梨花桃花，花的海洋

四 月

柳絮骄傲得满街跑了起来

天气还是忽冷忽热

隔窗，花红柳绿

回乡偶记

不见记忆里熟悉的村庄

眼前的故乡，楼房一幢幢

妻儿问我，我们家住几号

与你在一起的日子

蓝天白云下的私语

树林田野间的嬉闹

曾经的印记，时间去哪儿

清 明

点燃三炷香

泪流,叩拜

纸钱,飞向天堂

清明寄怀

把思念化成新土

添上一把纸钱

再添,泪流满面

踏 青

微风吹拂,甜蜜的惬意

想了又想,悄悄走出来

小草青青,桃红李白

山间竹笋

带着泥土的芬芳

穿越祖国的高山海洋

亲吻那份情谊

落花春水

心事泛起的故事

梦里梦外的你

看花落,听水音

小城故事多

乡愁,古巷的石板

扎心,夜晚梦醒的甜

来电,约一个地方

窗外这场春雨

梧桐花开杏花落

窗外淅淅沥沥

清明雨纷纷,户外春绿

展望五月

春天的花朵带点羞涩

把种子交给土壤

破土,芽苗昂首向阳

思 念

红红的眼圈,泪水打转

看到邻居母亲出游

叩问母亲,天堂可好

刈 麦

远处布谷的叫声

天热,迎来南风

麦浪开始冲动

高考前的准备

犹如大战前的夜晚

擦亮双眼,心静

期待这一天

小镇姑娘

笑声是那么爽朗

动作利索,充满能量

活力小镇的形象

军营之歌

回响在行进的路上

越过高山,穿越海洋

退伍的梦里,轻轻哼唱

军　魂

年轻,一身戎装

保国为家的理想

威武军姿,昂扬向上

军　旗

八一军旗红,我是军中兵

军旗,鲜血染红

退役,军旗依然是号令

不写桃花

杏花白不过你的红艳

春风送暖,行走春天

百花已开,唯你灿烂

唠 嗑

深夜的灯光把世界点亮

闺女守护在娘的病床

说不尽的里短家长

杏 花

难得在二月抢先开放

谁都羡慕美丽的姑娘

一场花瓣雨,淡淡的忧伤

乡　愁

远离故乡

站在村口的母亲

睡梦里把我呼喊

茶　水

老家的那把茶壶

当我走进家门时

父母抖动的双手已把亲情沏满

骑　行

一项有氧运动

在城市，在乡村

构成一道道亮丽的风景

三河湖

风卷不走云

云带不走风

唯有三河湖水定格风景

路

一次次在田野行进

走多了

脚下清晰成诗行

回 归

熟悉的视野

又在眼前

想念,愈发成熟

红灯笼

渲染节日喜庆

装扮城乡,点亮自己

幸福欢乐与人分享

大雪的日子

把整个世界交给童话

青蛙冬眠,小麦熟睡

暗香飞出,梅花花开

散　步

生活富有诗意

一步一步,步步潇洒

朝阳相伴,晚霞相依

与冬书

雪花飞舞,传递冬的消息

白色的山川讲述

冬的严寒,春的美丽

冬 闲

能够停一停的手

忙碌,串起亲情

温馨从故乡弥漫

栽 树

三月的风与我相约

田野,一棵幼苗

希望,在绿色中长大

美好的邂逅

总是在不经意间

与你相遇,迎春花开

美丽,不忍打开日记

巾帼颂

奋斗的征程上浓烈的一笔

不让须眉的豪气胜过自己

三月的美丽,春也爱你

想起父亲

思念的泪水跑到眼外

孤独的感觉没有山可依赖

年过半百的孩子在想您

端午情怀

田野里的小麦已经入仓

寻一把艾草,再寻一把

挂在门上,将粽子剥开

粽叶飘香

一片粽叶一生情

包裹进去的

总能把情思带出来

陌上花开

好想,等你一起

在花开的季节,读诗

一片花瓣,永久的诗签

母 爱

您牵我手,跌跌撞撞长大

我牵您手,岁月沧桑变老

手撒开,好想妈妈

母 亲

第一次见面

注定一生的挂念

再也走不出视线

窝

奋斗,奋斗

汗水修筑的温馨港湾

可避风雨,亲情相伴

南京路步行街

再一次从这里经过

记忆，泛起涟漪

年轻的身影，随岁月走失

漫步思南路

夜色阑珊，灯火辉煌

卿卿我我的喃喃私语

张开的情思，是否也吸引你

荷塘听雨

远望荷花

在雨中，摇曳争艳

调皮的青蛙，跳立荷叶

清晨蝉鸣

烦躁不安的夏季

清晨清脆的叫声

是否能与雨相逢

外　滩

汽笛长鸣，波涛汹涌

远远地望着你的背影

总是有股说不出的冲动

永久牌自行车

好响亮的牌子

无人不知，无人不晓

那个年代，拥有也是奢望

静安寺

步入寺中,融入其中

狂躁和不安,静下来

置身其中,心,安稳了许多

八 月

军旗正红,军歌嘹亮

又一次梦回军营

听,熟悉的军号声

八一情

穿起旧军衣,等待军号响起

多少年的规律,改变不了

翻阅时光,站进队列

时间流逝的声音

假如,假如能够

穿越或轮回

我定抓住分秒,静听美妙

西桥东亭

文人墨客,桥头风景

左行十里,右行十里

风景依然是风景,又立桥头

长　宁

路与桥会聚

传统与时代交融

国富民强,长宁久安

动物园的世界

孩子的欢乐

数不清的品种

童年,丢失在记忆里

盛夏,在一首诗中纳凉

诗中自有炎热中的清凉

躺在诗海里,听风

跳跃的文字,心静自然

晚来风急

夜黑的时候,风走得急了些

拦也不拦

哪是雨头,哪是雨尾

月是故乡明

高高挂在天上,依然明亮

夜晚,透过纱窗,思念渐长

有心事的时候,望着故乡

岁 月

令人难忘的岁月

重温历史,不能忘记

向往和平,时刻铭记现在来之不易

春的故事

乍暖还寒的初春

鲜花跳跃枝头

美丽,慢慢绽放

童　趣

天高云淡，鸟语花香

结伴而行的玩伴

秘密，笛声渐远

想起那个缸子

滚烫的心，浓浓的情

沸腾，点燃

故乡的炊烟

国庆抒怀

十月金秋，举国欢腾

国庆阅兵，镇国重器亮相

厉害了我的国，祖国母亲我爱你

话宝山

知道你因谁而名

过去的光环犹在

前行,脚步不停

腊　梅

耐得住寂寞

经得住寒冬

开放,迎面春风

梅　园

不能忘却的纪念

根在地下蔓延

相思印在历史篇章

松

站立成风景

山高亦可攀登

霜雪都不怕,昂首挺胸

在声音里读你

无声想念成有声

没有白天黑夜

感受,微笑带来的甜

风筝的天空

天空的风,手中的绳

五颜六色飞向空中

放飞的,还有心情

走进奉贤

手里撒不开,心里放不下

飞起的风筝,在空中翱翔

握手,与世界相拥

红　船

红色的种子,年轻的生命

播撒中华,根植人民

燎原之火,照耀神州

延　安

年轻的理想光芒

燎原之火

燃遍全国,照亮东方

端午节

思念情感裹紧

粽子飘香,叙说古今

五彩绳与龙舟开赛

结缘美好

心情在阳光下

凝聚成火焰

向善向上

香飘麦田

布谷声声,麦稍发黄

机械欢快地在田野奔跑

一颗颗麦粒进入粮仓

小满天

小麦渐渐隆起

布谷飞来飞去

等待,一切美好

初 夏

轻轻的蛙鸣声

唤醒知了蝉鸣

布谷声声

翠 微

山绿起来水清清

风跑出诗意

享受美好时光

毕业群

留恋的校园,师生成梦

火热的青春,校园留痕

踏上新征,启程

热

温度计爆表

蛙鸣又鸣,一把手扇

摇动夏天

杨浦大桥

一桥辐射效应聚集

文化经济大数据

世界接轨零距离

彤 云

喜欢家乡的颜色

心中一抹云

升腾在上方

雪点梅心

漫天大雪一点红

惊艳冬,一支支

傲立迎春

桥

两人间,心相连

距离的美

心有灵犀

虚 构

虚无缥缈的想象

或隐或现的梦境

一张网,交织

原野的浪漫

绿色在炙热下烧烤

树荫与水,土地与田野

碰撞彼此的火花

七夕心语

期盼一场雨里的浪漫

每年都有一天难得的相见

不在身边陪伴,可否习惯

生态农庄

田地里长满绿色的希冀

收获瓜果飘香的日子

生活美满,香甜如蜜

乡村野游

远离嘈杂的人群

握一片绿色

小曲哼唱人间烟火

你是我的风景

风景亦是风景

我中有你,你中有我

天蓝水清,生态和谐

乡村茶馆

故乡的味道如此浓烈
乡间小路记载着儿时的欢乐
我忘不掉你，你忘不了我

雨　声

炎热，迎接伏天
太阳把温度一提再提
期盼夜晚或白天，风和你

话松江

底蕴的文化渗透力量
我观，你赏
江水流淌

良 渚

承载着厚重的历史

追溯文明的足迹

厚厚的书卷面向世人

话佘山

想了又想,闯世界

去一个没去过的地方

踏着历史追访

牵手远方

跳动的心,感受

外面的世界,风筝般

身在异地,心系故乡

飘远的红丝带

爱，无私的爱

快速蔓延

温暖，弥漫世界

背　影

远远望去，刚毅踏实

可靠的山

进入我的眼眸

爱我中华

红色的种子，根植在心

五星红旗，我的骄傲

五千年的文明，我爱你

美丽家乡

山山水水,流不尽相思

美丽田园滋养着

我的家乡,我的爱人

莲语浅浅

青蛙跳动,荷叶波动

一滴水的晶莹,传来风声

漫步的身影,话语轻轻

向梦想进发

血性的梦,汗洒球场

体育精神,传递友谊

坚持心中的梦,启程

教师节抒怀

三尺讲台,来来回回

几十个春秋,桃李满天下

一个梦,一本书,一份爱

中秋吟

硕果飘香的金秋,辣椒红了

月亮,越来越明,越来越圆

中秋月明,红旗更红

秋 野

天蓝蓝水清清,金秋如画

远望田野,美丽的画卷铺展

秋景秋韵秋野图,跳跃鲜活

桂花飘香

八月的花香,辣椒红了

深秋的金黄,硕果满枝

祖国华诞,山河红遍

收 获

辛勤的耕作,希望

不远处,一地金黄

满眼硕果,乡韵浓浓

秋 分

丰收的喜悦挂在脸上

希望的田野,播下种子

年复一年,充满梦想

话重阳

菊花在金秋绽放

或白或黄,站立的老人

遥望,回归的儿女

菊 韵

诗一样的秋天,菊花开

硕果芳香,迷醉秋

文人墨客,舞弄花香

秋天的傍晚

落叶飘零,风渐凉

故乡的灯光是村庄的念想

玉米成垛,或站在房顶之上

诚 信

一撇一捺,人支撑站立

撇捺少了,良心丢失

活在世上,难以站稳

红 叶

我喜欢那一抹红

红遍山野,望也望不到边

捡拾一片,做个书签

藕断丝连

难舍的情谊

连体般,舍也舍不得

打断骨头连着筋

冬日私语

夜里的风,吹得响

一场雪,一层冰,一地白

寒的寂寞,春已期待

以书为友

喜欢和你在一起,翻阅

穿越古今,享受文化盛宴

一本一本,越站越高

梅　花

远远望去,傲立雪中

可知与雪成冬之风景

一股清香飘入鼻中

仰望春天

不一样的期盼

等迎春花绽放,桃红杏白

站在山脚下

格律新韵

贺《诗刊》创刊六十年

适逢六秩忆艰辛,墨客挥毫赋巨篇。

清韵雅词心涌起,红笺誊写寄诗刊。

重 阳(平水韵)

盼母思儿道古今,重阳节日递佳音。

羊羔跪乳传佳话,赡养双亲尽孝心。

勤 奋(中华新韵)

勤奋学习意志坚,初心不改苦钻研。

知识能力要倍增,喜看千金露笑颜。

招　考（中华新韵）

喜鹊攀枝叫声甜，大学学业已几年。
完成学业来查验，伏虎降龙中状元。

惊　蛰（中华新韵）

惊蛰来临春已进，冬装一解喜迎春。
桃红柳绿开心笑，可以谈谈古与今。

农民节（中华新韵）

十五月圆庆丰收，入库粮棉乐不愁。
玉米金黄粮入户，秋分种麦好缘由。

参观杨柳雪村史馆（中华新韵）

盐碱挣脱育中棉，战天斗地换新颜。
艰难困苦雄心志，不忘初心永向前。

战友相聚有感（中华新韵）

三个军人坐一桌，老婆孩子笑声多。
推杯换盏谈天地，建设家乡故事多。

与连襟就餐有感（中华新韵）

兄弟聚餐不用劝，连襟相伴话连篇。
戎装已去结情谊，建设家乡绘美篇。

新农村(中华新韵)

中央政策系人民,邻睦和谐暖似春。
振兴乡村铺路准,史无前例为农民。

普安红(中华新韵)

茶树千年落普安,茶园深处美如仙。
色泽香气金黄间,世界茶源代代传。

茶 园(中华新韵)

岁岁年年普安红,一年四季各不同。
文坛墨客来相聚,作画吟诗茶味浓。

茶香满园(中华新韵)

世界茶源在普安,红茶貌美似天仙。

茶汤色鲜晶莹透,千古茶香遍满园。

记者节(中华新韵)

披星戴月新闻路,党报平台发党音。

牢记责任不忘本,精雕细琢写佳文。

改革巨变(中华新韵)

两岸黄河鼓浪翻,滨州发展露新颜。

四环五海黄河美,收获粮棉产量翻。

衣食住行都在变,飞机汽车及轮船。

多年梦想终实现,借势乘风在眼前。

记者节感怀(中华新韵)

手无寸铁兵千万,使命责任社会观。

不忘初心担使命,情怀捧给世人看。

与首长通话有感(中华新韵)

昨日听闻首长音,笑声难表动情心。

青春年少留不住,何时见面叙旧音。

黄　河(平水韵)

黄河流水过滨州,十里荷塘大势头。

九曲黄河心向走,奔流到海不回头。

沿黄发展有感（平水韵）

无问西东问水流，沿黄发展好奔头。
干群密切如磐石，滚滚黄河入海流。

黄河入海流（平水韵）

曾看母亲沿水走，大河奔涌观河流。
蜿蜒颠簸谁如画，浩瀚东流汇海游。

童真童趣

劳动最光荣

小芳和小明,
从小爱劳动。
春天栽树苗,
夏天打蚊虫。
秋天摘梨果,
冬天扫雪忙。
在家帮爸妈,
小手忙不停。
清洗盘和碗,
勤劳讲卫生。

学打篮球

打篮球,蹦蹦蹦,
拍一下,一跳动。
小朋友,爱参与,
拍拍篮球还可以,
要想投篮不轻松。

小蜗牛

小蜗牛,你真行,
带着房子去旅行。
无论过路和过桥,
房子跟随往前行。
风天雨天都不怕,
雨淋日晒都从容。

鸟　巢

飞鸟叼来草，
高树建鸟巢。
冷了可取暖，
还可育小鸟。
远看是风景，
不要去打扰。

蚊　子

嗡嗡嗡，嗡嗡嗡，
蚊子唱歌忙不停，
唱完歌儿送红包。
忽感皮肤有点痒，
我用眼睛来寻找，
忙用双手去欢迎。

故　乡

故乡有树蝉儿鸣,
故乡游鱼水中行。
故乡夜晚满天星,
儿时故乡记得清。
少小离家年迈回,
不忘归根儿女情。

幸福图

小狗跑,小猫叫,
小鸭河边去洗澡。
汪汪汪,喵喵喵,
小鸭戏水鱼儿跳。
生态和谐景色美,
美丽钱塘真美好。

家乡美

油菜花开遍地香,

青砖白瓦亮堂堂。

喜看蜜蜂采蜜忙,

最美乡村我家乡。

槐花馒头

槐花白,槐花香,

采来槐花做干粮。

奶奶蒸好花馒头,

递给我来尝一尝。

我夸奶奶蒸的好,

槐花馒头喷喷香。

梧桐花

梧桐花开像喇叭，
站在树上头朝下。
我抬头看梧桐花，
梧桐见我笑哈哈。

雨中交警

风声雷声下雨声，
交警雨中忙不停。
行人车辆莫停留，
依次交替向前行。
交通安全最重要，
感谢人民好交警。

盼春风

大雪到,雪花飘,
我在雪地练舞蹈。
跳的山川一片白,
跳的太阳微微笑。
跳的寒冬逐渐暖,
柳树吐芽春天到。

我爱山茶花

爱花就爱山茶花,
树冠好看花瓣大。
可以盆栽可做景,
盆景移植好安家。
我爱花开香扑鼻,
我爱山茶开鲜花。

槐树叶

槐树叶,真神奇,
我们一起做游戏,
摘一片,放嘴里,
轻轻一吹如响笛。
树叶轻,音色美,
演奏首首好乐曲。

什么花

什么花儿白?
杏树开花白。
什么花儿红?
桃树开花红。
什么花儿在水中?
荷花开花在水中。

什么花儿香?
玫瑰花儿香。
什么花儿艳?
山丹花儿艳。
什么花儿最好看?
牡丹花儿最好看。

过年喽

北风吹,雪花飘,
进入腊月好热闹。
小朋友,放鞭炮,
家家户户年货到。
穿新衣,戴新帽,
小康路上真美好。

虎年到

虎年到,虎年到,
我陪爸妈包水饺。
大红灯笼挂窗前,
阖家团圆真热闹。

滨州美

滨州美,滨州好,
有天桥,有地桥,
空中架起过街桥。
滨州好,滨州美,
五海湖湾都有水,
水活滨州夜色美。

小鱼缸

小鱼缸,真好看,
养条鱼儿添景观。
清晨起来把鱼喂,
晚上和鱼道晚安。

二 胡

一把二胡手中拿,
演奏人间七彩花。
声声如诉人间事,
拨弦张力惊天下。

千岛湖

千岛湖,微风吹,
湖心岛心鸟儿飞。
一首童谣从天降,
唱得岛湖都陶醉。

夜游千岛湖

夜幕降,月亮升,
月光洒在湖光中。
湖水为何如此静,
静等游人入画中。

美丽千岛湖

千岛湖,千岛湖,
千座岛屿连成片。
湖光山色真是美,
朦胧月色人陶醉。

千岛美如画

小画笔,手中拿,
我来千岛画幅画。
我画岛上太阳升,
我画岛上红旗飘。
我画湖光山色美,
我画岛上孔雀飞。
我画梅峰景色秀,
我画猴子把人追。
千岛湖,惹人醉,
好湖好岛风景美。

万千童谣

是谁飞鸽把信传?

千岛湖上起波澜。

一首童谣千层浪,

十首童谣歌声美。

千首童谣岛上飞,

万首童谣闹人间。

小蝌蚪找妈妈

河里有只小蝌蚪,
哭着喊着找妈妈。
妈妈呢？在哪里？
哭声引来一群娃,
帮着蝌蚪找妈妈。
呱呱呱，呱呱呱,
水里冒出大青蛙。
孩子孩子别找了,
我是你们的妈妈。
小蝌蚪，长大了,
转眼长成小青蛙。
小青蛙，呱呱呱,
跟着妈妈快回家。

歌词天地

我想唱首歌

我想唱首歌

一首喜欢的歌

歌词我来写

曲子我来做

歌中只唱您

我亲爱的祖国

自从这个世界有了我

我就热爱着您

我亲爱的祖国

五千年的文化

孕育着古老文明

我想唱首歌

献给伟大的祖国

我日夜想念您

每时每刻

我愿为您奉献一切

甘愿为您赴汤蹈火

我爱这身橄榄绿

水兵爱大海

骑兵爱草原

空军爱蓝天

你问我是什么兵

那就请你看一看

这身橄榄绿

保卫着祖国

捍卫着尊严

自豪的人民武警

祖国的忠诚战士

把警营长城筑建

水兵爱大海

骑兵爱草原

空军爱蓝天

自豪的武警战士

头顶庄严的国徽

矗立在边关

守护着百姓

自豪的人民武警

祖国随时召唤

时刻冲在前

水兵爱大海

骑兵爱草原

空军爱蓝天

自豪的武警战士

挥洒着血汗

练就一身功夫

时刻听从召唤

随时准备着

为祖国美好的明天

把生命青春奉献

盼相逢

八一军旗红

相逢在军营

天南地北人

有缘成弟兄

是战士,就要冲锋

是战友,就是弟兄

无论何时,无论何地

战友战友,亲如兄弟

我和你,是战友

你和我,是弟兄

眼睛睁开,奋斗一生

眼睛一闭,再次相逢

我爱你,战友

我爱你,弟兄

军旗高高飘

太阳日日红

天天在一起

拧成一股绳

是战士,就要冲锋

是战友,就是弟兄

摸爬滚打,铁骨铮铮

冬去春来,钢铁长城

我和你,在军营

你和我,情意浓

军营几载,苦练精兵

分别之后,期盼重逢

我爱你,战友

我爱你,弟兄

太阳日日新
八一军旗红
想念老战友
期盼再相逢
是战友,不忘使命
是战士,对党忠诚
军营内外,优良作风
为了社会,奉献一生

我和你,共勉励
你和我,常叮咛
战友战友,亲如兄弟
有缘相聚,共度此生
我爱你,战友

我爱你,弟兄

八一节要到

叙叙战友情

期盼再相逢

看看老兄弟

我热爱我的家乡

我热爱我的家乡

我的家乡不像东北有大豆高粱

我的家乡不像江南鱼米水乡

我的家乡不像四川风景秀美

我的家乡就在美丽的鲁西北

现在的名字还不是那么响亮

我热爱我的家乡

四季分明,冬暖夏凉

团结友爱,和谐健康

我热爱我的家乡

活力滨州,水面像大海一样

粮丰林茂,年年丰收

好一派北国风光

就是在我的家乡

人人能把吕剧唱响

就在我的家乡

盛产滨州名小吃芝麻酥糖

就在我的家乡

满嘴流油的锅子饼

走出滨州美名远扬

我热爱我的家乡

祖祖辈辈生长的地方

我热爱我的家乡

胜过热爱自己的爹娘

我热爱我的家乡

就像热爱祖国母亲一样

甘愿把热血流淌

品质滨城路上我和你

炎炎夏日你又早早起
包保路段开启新步履
沿街门店宣传告知书
绿化带捡拾纸屑果皮
劝导骑行头盔别忘记
小红帽红马甲在一起

品质滨城路上我和你
不畏酷暑我们在一起
行动是无声的好话语
观摩评比最好的动力
滨城融媒端口又开启
永不消失的红色亮丽

品质滨城你我共参与

滨州滨城天天在一起

永不褪色的红色亮丽

我爱滨州我爱滨城我爱你

本色家园

当年举起右拳

铮铮誓言,责任在肩

跟着共产党走心不变

走出故乡,走出大山

为了人民,乐于奉献

我爱党旗鲜艳

跟着共产党走

心定志坚

退而不休,余热奉献

牢记使命,不忘入党誓词

啊!我爱你,本色家园

曾经的战斗,曾经的青春

把我们锤炼

锤炼成钢铁战士,优秀党员

永葆政治本色

续写人生辉煌诗篇

提高政治站位

做五好离退休党员

啊！本色家园

有你有我，离退休党员

革命同志是块砖

哪里需要

我们就在哪里出现

心中有党，勇于奉献

快乐每一天

为了祖国美好的明天

发挥余热，献计谏言

为了两个一百年

默默奉献，大步向前

歌唱北京

想想当年很年轻
报效祖国来北京
我爱北京天安门
更爱歌唱东方红

想想当年很年轻
穿上军装守北京
迎接外宾展英姿
铜墙铁壁护长城

想想当年很年轻
我是一名北京兵
苦练杀敌基本功
报效祖国立奇功

想想当年很年轻

青春热血洒北京

第二故乡不能忘

不忘初心颂北京

北京,北京

北京,北京,我爱北京
数不够的立交桥
看不够的楼门洞
高楼林立车如龙
人流如织好风景

北京,北京,我爱北京
文化积淀意深远
人文景观数不清
团结友爱北京城
和谐文明满春风

北京,北京,我爱北京
北京,北京,歌唱北京
我爱北京,祖国的心脏

我爱北京,首都北京

新时代的中国梦

昂首阔步向前冲

我爱你,北京

有爹有妈才有家

有爹有妈才有家
大事小事常啦啦[1]
心中苦闷向爹诉
家长里短和妈啦
兄弟姐妹常相聚
爹妈在哪哪是家
年来节到多热闹
爹喝酒来妈喝茶

爹妈老了常见面
工作忙了打电话
如今生活多幸福
心怀感恩常回家
免得爹妈来牵挂

---

[1] 啦啦：方言，说说话、聊聊天的意思。

有爹有妈才有家
爹妈勤劳为了啥
养咱小来咱养老
优良家风丢不下
一代一代又一代
孩子孝顺传佳话
不讲理由常回家
好好亲近爹和妈

滨城广电之歌

一座大楼屹立在城市东方

一群年轻人迎接新太阳

新闻每天发生

我们天天奔忙

我们是记者

传递党的声音无比荣光

不忘初心,牢记使命

永远在路上

人生没有彩排天天直播

融媒体整合学习在路上

不断探索,敢于解放思想

精品就在前方

我们是记者

为人民服务，丰富荧屏

牢记责任，敢于担当

永远在路上

迎朝霞，送余晖，日夜奔忙

定准目标，放飞梦想

标准化建设，争一流敢闯

新闻在路上，我们有梦想

我们是记者

讲好滨城故事

播洒阳光

永远在路上

新时代，新力量，新气象

时刻牢记党的新闻宗旨

讲好滨城故事，传递能量

立足本土荧屏，发热发光

我们是记者

有我们年轻人的思想

歌颂时代，凝聚力量

永远在路上

战友情

叫一声战友，我的兄弟
十八岁的年龄走进我的生命
天天在一起，多少美好回忆
来自不同的城市，好似亲兄弟
老班长和睡在上下铺的战友
我好喜欢你，摸爬滚打
军中称雄，样样拿第一

叫一声战友，我的兄弟
穿军装的战友，不一样的自己
无论风和雨，青春献给军营
五湖四海的战友，天天在一起
熟悉的军号还有训练场地
我好想念你，梦回军营
立正稍息，我们在一起

叫一声战友,我的兄弟

巡逻时又见十五的月亮升起

天南地北和谐相处,亲如兄弟

望星空,讲故事,好像在梦里

我想叫一声,战友,兄弟

穿上军装,一辈子的情谊

啊!战友

啊!兄弟

穿军装的战友,不一样的自己

十八岁结下的友谊,一辈子的兄弟

想你念你,我的战友,我的兄弟

生活如歌

——献给农民工

一年一年又一年
头顶烈日在忙活
起早贪黑为了家
舍弃安宁小生活
修路建桥搞建设
高楼大厦也有我
一年四季在奔波
城里打工那是我

我为四季写首歌
披星戴月为生活
赡养老人讲孝道
孩子上学需要我
我是家中顶梁柱
忙完庄稼找工作

农村城市奔波忙

为了我们好生活

时光如梭好岁月

春去秋来冬飘雪

幸福生活在招手

微笑面对你和我

美丽乡村我奉献

城市建设我快乐

幸福生活像首歌

你唱我唱都快乐

征　途

镰刀和锤头
镶嵌鲜红的旗帜
嘉兴南湖的红船
开启中国新的征途
伟大的中国共产党
破晓启航，前赴后继

信念和理想
牢记人民的艰苦
不忘初心为人民
浴火重生，开辟道路
伟大的中国共产党
历经磨难，红旗遍布

初心和使命
走向富裕和幸福

科技强国飞天梦

红心照亮中华民族

伟大的中国共产党

百年大党,新的征途

跟党走

我的生命里
党旗是旗帜
听党话,跟党走
我们和党旗在一起
旗帜是我们前进的动力

妈妈告诉我
党旗的来历
抛头颅,洒热血
我们和党旗在一起
理想是我们追求的真理

内心激动着
党的血液里
新征程,新使命
我们和党旗在一起

姐　姐

姐姐的一声呼唤

仿佛又回到难忘童年

儿时的记忆姐姐陪伴

春夏秋冬一年又一年

姐姐的一声咳嗽

撼动兄弟姊妹筋骨

手足相连泪水红眼圈

雪雨寒风姐姐在陪伴

姐姐的一声轻叹

兄弟姊妹心酸

望着如今长大的儿女

幸福的日子就在明天

姐姐啊！小康的日子就在眼前

好好珍惜吧,姐姐

我们相互鼓励,共度晚年

日月星辰,兄妹相伴

共同迎接美好明天

致敬英雄

困难面前总有你的身影

危险时刻你又逆行

请战书上鲜红的红手印

不知道你是谁,看不清你的面容

只知道你为了谁

用生命守护生命

是战士就在战场上冲锋

巾帼花开别样红

面对危难总有你的身影

看不清你是谁,直至献出生命

以生命高贵的鲜红

阻挡危险危害人民群众

危急时刻众志成城

以身报国甘愿献出生命

牢记嘱托，不辱使命

你是真正的英雄

祖国的丰碑镶刻你的名字

关键时刻总有你冲锋的身影

鲜红的旗帜上有你的风采

你是楷模，你是英雄

中国美

绿山长,青山翠

大美中国就是美

风轻轻,天蓝蓝

山河壮丽如画卷

黄河黄,长江长

黄河岸边是故乡

我爱中华大地美

绿水青山惹人醉

正月十五闹元宵

提灯笼，踩高跷

听评书，猜灯谜

舞龙还有莲花落

旱船划着满街跑

春风送暖春意闹

大街小巷乐陶陶

逛古城，赏花灯

红灯笼，挂树梢

铁花四溅人欢笑

人间烟火味道好

正月十五逛花灯

灯火璀璨平安报

上元节，吃元宵

家团圆，乡愁飘

火树银花触目红

流光溢彩灯满城

正月十五闹元宵

阳光照耀你我

我真的好想唱首歌
赶走身边孤独寂寞
人生一辈子不容易
日月星辰慢慢度过

我真的好想唱首歌
抒发心中的苦与乐
人生有悲喜有欢乐
父母孩子难以捉摸

我真的好想唱首歌
歌颂人间喜怒哀乐
世间有苦也有欢乐
心中有光照耀你我

故乡情

窗外皎洁的月光

梦回儿时的故乡

黄河静静流淌

月光洒满故乡

齐耿,生我养我的地方

东坡的棉花

西坡的高粱

南坡的小麦

北坡的果园

到处鸟语花香

亲情弥漫我的村庄

甜甜的乡音余音绕梁

幸福写在脸上

我爱月光下的小桥流水

我爱故乡美丽的模样

风从故乡来

我心系故乡

窗外月光明

思念爹和娘

乡情月儿圆

十五月亮十六圆

今年双节逢一天

年年都有花好月

健康一年又一年

我爱滨城家乡美

更爱黄河流水潺

今朝有酒不能醉

等待喝酒下一年

明月千里寄相思

幸福生活万万年

生在黄河齐耿圈

家风浩荡真温暖

东边水来西边湾

几口水井心相连

儿时乳名不要唤

亲情邻里记心间

我爱滨城风光美

更爱齐耿乡亲暖

滨城公安颂

新年的脚步,春节的钟声
一年四季,疾步匆匆
滨城公安,在晨露暮色中

南海的微风,中海的夜景
严寒酷暑,披星戴月
头顶国徽,守护人民安宁

急骤的风雨,巍峨的山峰
路在脚下,万里追凶
初心不改,不辱使命

东方的光亮,黑夜的眼睛
雪亮工程,为民护行

风雨之中,飒爽前行

祖国的基石,人民的卫士
滨城公安,高歌前行
时代召唤,伟大公安干警

啊!滨城公安
敢打硬仗,不怕牺牲
忠于职守,英勇无畏
滨城公安,与祖国一路前行

战友相聚去太原

匆匆一别三十年
战友相聚去太原
当年都是帅小伙
转眼皱纹爬满脸
黑黑头发已不见
腰板挺直不如前
青春一去不复返
见面拥抱忆当年

三十年前一个连
吃住一起忙训练
三把枪儿真齐整
迎接外宾受人赞
战友相聚常比试

正步行进谁在前

兄弟常忆有趣事

谁人不知仪仗连（队）

有时梦里常相见

刺杀训练擒敌拳

一路走来献青春

队列口号响震天

脱去戎装回故乡

一别就是几十年

各自岗位把功建

不忘初心做贡献

战友召唤又相聚

快乐相聚忆当年

不眠之夜欢笑声

我们相聚在太原

当兵不后悔

十八九岁出校园

立志报国到部队

当兵苦啊当兵累

当兵的日子明月陪

青春奉献在军营

当过兵的不后悔

边关明月你守护

守卫边疆任风吹

巡逻护卫不掉队

铜墙铁壁你我垒

能打胜仗练精兵

上天入地勇无畏

军营故乡两地情

好男儿当兵不后悔

退伍不褪色

当过兵的不后悔

黄河颂

日月掀揭风沙

岁月流水翻滚

黄河即故乡

沙土泛光闪金

朝起暮归欢喜

月缺月圆，好梦成真

脚踩黄土前行

胸怀梦想奋进

黄河水流湍急

故乡人早地勤

奔流到海不悔

黄河故事，激励奋进

我爱黄河奔腾不息

我爱黄河母亲铸魂

我是黄河的儿女
幸福高唱新时代
黄河是我们的根
黄河是我们的魂
我爱您黄河母亲
您的儿女祝福您

追 梦

风从身边过

水从身边流

日从东方出

难忘是乡愁

一条大河心中住

黄河安澜,国脉千秋

风从故乡来

水在故乡流

故乡永难忘

梦在故乡游

黄河岸边是故乡

白云悠悠,情也悠悠

我爱家乡清水甜

我爱家乡景色秀

绿水青山惹人醉

金山银山住心头

幸福长河细水流

追逐未来,梦在前头

一起向未来

百年大党带领我们大步向前
送走春秋,迎来冬天
我们在这个冬季
奥林匹克热情点燃
北京、张家口,张家口、北京
与世界相拥
冰雪世界带来惊艳
一起向未来

百年大党带领我们大步向前
我们在冬天感受
冬的火焰,春的温暖
北京、张家口,张家口、北京
竞技场上角逐
冰雪世界格外美观
一起向未来

百年大党带领我们大步向前

建党百年，喜迎奥运

我们与时代同频

一带一路命运关联

北京、张家口，张家口、北京

雪车雪橇在高山

冰雪世界献给世人

一起向未来

啊，百年

啊，奥运

我们手牵手，我们肩并肩

我们心相连

步入新时代

走向辉煌的明天

一起向未来

现代诗韵

春　雨

迎春花开，风有所变

我喜欢，这个季节

尽管风中带沙

头巾，面纱，遮脸

行走的风，衣物减少

风吹花艳，花枝招展

春风，微笑拂面

夜，风声紧

一丝，一滴，雨

洒在身上，滴落脸上

感觉不出冷

一脸的惬意

喜欢，喜雨，细声的响动

在我的身上作画

风开始跑起来

雨也飞舞,听

动听的音乐,嘀嗒

远处的田野

一阵阵笑声飞扬

绿,泛着诗意

行走的潇洒自然

任凭冰河消融,溪水潺潺

嘀嗒,嘀嗒

春天,我喜欢

写一首情诗给兰州

一条黄河穿过你,城市因此很美丽

金城汤池在这里,万事呈祥又如意

兰州拉面香万里,你的世界很美丽

山是山,水是水,兰州话儿真是美

我顺着黄河而来

甘愿躺在黄河母亲的怀里

从九州山下入城

领略滨河路绿色长廊的风姿

遥望白塔山巍峨起伏,陡峭秀丽

近看吐鲁河神话般的绿色山谷

一次偶遇,我喜欢上你

相遇相知,深深地爱你

你是我的缘,双脚不愿离去

兰州,我爱你

我想写一首诗歌送你

黄河汹涌是我跳动的音符

兰州，我爱你

文人墨客相聚在一起

抒发两山夹一河的写意

兰州，我爱你

万千投资者

打造黄河之都的魅力

兰州，我爱你

九曲十八弯洪流滚滚

我们追梦人永远努力

兰州，我爱你

丝路山水名城，发展日新月异

祝福你，兰州，越来越美丽

边疆战士

一双足印
见证默默奉献
一腔热血
献给伟大的祖国
我们守卫在祖国边疆
用青春和热血
书写壮丽的诗歌

不知来来回回多少次
不知春夏秋冬几轮回
我们坚守在祖国边疆
巡逻在边防线上
守望界碑,仰望国旗

青春是一首奉献的歌
我们把枯燥无味的生活

变得五彩斑斓

练就风雨雪夜

一行行巡逻的足迹

祖国啊！你可记得我

我在边疆驻守

警惕的眼睛

我用青春和生命

捍卫祖国

志愿者之歌

我奉献,我快乐
我是一名快乐的志愿者
我喜欢,我参与
我为人人唱赞歌

每当周末,不约而同地集结
伸出的双手,温暖可以触摸
一件件小事,人人都记得
我们相约,敬老院里笑语欢歌
文明劝导,行人安全车流如梭
医院里,车站,码头
社区的角落
看到的是忙碌的身影
收获的是满满的喜悦

我想我也要加入

志愿者的行列

不求索取,奉献自我

用一颗爱心回报社会

我要做一名无偿献血志愿者

用我的爱心和滚动的热血

凝聚成一首无私奉献的歌

唱给每一位志愿者

春天的草原

一丝暖暖的春风飘过
嫩绿的芽儿吐露草香
唤起驰骋的骏马
一匹匹,一群群
在草原上欢腾

来不及回忆冬季
春天的脚步行走得太急
迎春花开,油菜花香扑鼻
匆忙的人流,行走在春天

看春风下美丽的少女
各色的花儿争奇斗艳
看一望无际的草原
满心欢喜,心旷神怡

马儿铃声响叮当

远远的,清晰可见

万马奔腾的场景

何等振奋

我愿是马群中的一匹

驰骋沙场,实现价值

人生道路上不留遗憾

阳光明媚,和煦如春

青青的草原,悠扬的马群

我愿是远方的牧马人

唱着优美的歌曲

想着如何给远方的姑娘

发出用心写的那封信

忠诚友善，不乏奔放坚韧

我愿记下你所有的故事

马蹄声声

你奋斗的步履记载着艰辛

征 程

奔腾而来的马群

呼啸着进入山林

翻山越岭,体验成功的艰辛

一马当先,马到成功

何等的豪迈、刚健

奔腾不息的山川

仰天长啸的马群

腾飞的中国

龙马精神绘出中华神韵

我愿化作一匹骏马

在中华大地上昂首奋进

策马扬鞭,马不停蹄

马蹄声声

天蓝云白人人爱清廉

今天的天空很蓝

白云朵朵

喜欢每一朵

静静地停在天空

像在唱歌,又像跳舞

天很蓝,云很白

生活守候着日月

白云飘飘,向往蓝天

不经意间

偶有污染,浑浊

天空布满阴霾

乌云遮不住

阳光总在风雨后

一代帝师杜受田故居

挤满前来参观的人

几百年为官的杜氏家族
清廉之风犹如清水
墓葬品仅有一本书
翻阅历史，明镜可鉴

人民公仆
为人民无私奉献
黄河从我身边流过
堰头上筑起警钟
时时提醒
珍惜今天，珍爱生命

故乡的乳名
轻声的呼唤
幸福生活来之不易
手莫伸，树要皮，人要脸
保持警醒不忘三天
昨天、今天、明天

雀之灵

想着美美的趣事

梦与现实间,风和雨

藏得严严实实

望晴空,白云飘飘

蓝天白云下

牛羊在草原上勾描

山水林田湖草

灵动起来

遇见你,就遇见美

不得不张开

美丽的丰羽

将一份份美丽

还原给世界

写 你

不是不想，想了又想

不敢下笔，生怕写不好

还是斗胆，写首诗篇

写给你，我亲爱的故乡

写给生我养我的村庄

那是美丽的黄河岸边

每到夜晚，繁星点点

月光洒满田间

小麦玉米

轮流耕作，收获满满

时光划过一年又一年

故乡的变化翻天覆地

记忆里的果树农田小道林间

已不复存在

家乡的变化翻天覆地

记忆中的故事，梦里再现

现在的新农村

干净的街道,整齐的农田

文明的邻里,和谐平安

不管白天还是夜晚

年过半百的我们聊天

总是乡亲们的家长里短

我爱我的家乡,我爱家乡的蓝天

我总是想好好写写你

总是感觉思绪万千

生怕写不好

我对你的爱

对你的眷恋

相约楼兰雀

今冬,窗外无雪

冬阳,明媚的暖

一股股咖啡香

从楼兰雀飘来

手中的红玫瑰

妄想跳舞

咖啡厅外

静静聆听美妙的音乐

看世界之缤纷,遥望远处

端起手中的热咖啡

期待飘雪来临

以诗会友,天涯比邻

远处的浓香,花香的余韵

踮起双脚,香气绕遍全身

我的父亲母亲

夜晚的星星眨着眼睛

我盼着月亮升起来

照亮我想念父母的旅程

只有夜晚,我的泪水

慢慢地湿润眼睛,呜咽

父母在天堂的日子

有时,只是感觉,父母

还在,慈祥的面容,盼望的眼神

村口,家门口,盼儿的身影

我包好水饺去看您,上香,烧纸

高声呼喊,爹呀,娘啊

我的诉说,您是否再听

回家的感觉真好

熟悉的乡路,炊烟袅袅

儿时打闹的学校

栽下的小树已经长高

久违的亲近,油然而生

回家的感觉真好

浓浓乡音,见面问好

何时回来的孩子

见面问候的大爷大娘叔婶哥嫂

来家坐坐,没事聊聊

家乡一年的变化,外面世界的奇妙

夜里裹紧的被窝

还是儿时熟悉的味道

仿佛,夜光下

乘着月色,我们一起奔跑

怀念母亲

夜,勾起家乡的月亮
月光洒落井旁
几经摆动的水桶
遗落在故乡

在故乡生活十八年
穿上军装,离开母亲
视线里的泪光
把思念越拉越长

母亲临走的时候
谈及黄河、故乡和我
我知道,母亲走后
生怕我寂寞
月亮留给我,高挂在头上
故乡,不能忘

手擀面

母亲喜欢吃我做的手擀面
我就用一个小碗
放面,加点水,打鸡蛋
把面擀薄,用刀切得精细

母亲喜欢我擀面的样子
站在厨房,看我擀面
我喜欢和母亲聊天
听故乡那些古老的往事

母亲和我,我和母亲
都喜欢手擀面
小的时候母亲擀面喂我
母亲老了我擀面给母亲

面掺杂感情,带有温度

母亲老了，端不动面碗
我跪在母亲面前，流泪
用汤勺送到母亲嘴边

我的梦想

把雪花踩在脚下
咯吱咯吱地响
送走金牛迎来虎年
张张红纸,写满喜庆

风,丢在山上
夜,有星星、月亮
故乡,优美的歌声
令人向往

黄河蜿蜒流向东方
那条分水线
一边是蔚蓝,一边是土黄
我把故事写成幻想
那山,那水,那日月
风来自故乡

朝阳,满怀信心
坚定信念,把激情
用辛勤的双手
涂彩,上色,泛光
夜不再寂寞,路边的风铃
叮叮当当

远处的沙漠里
一个个驼队启程
披星戴月,追逐阳光
故乡,依然是牵挂的地方
明天,我又启航

清明祭

一

望着天上的繁星

想想母亲的眼睛

我的眼睛下着雨

母亲的一举一动如同电影

儿时,您是如何疼爱我

老了,我是如何陪伴您

今年的清明前

天气忽冷忽热经常有雨

此时您在天堂

也许还是放心不下

地里的庄稼,这边的儿女

放心吧,南坡的麦地已浇透

小麦已撒化肥,长势渐起

儿女们家庭都好

娘啊！不要光想这些

一定要照顾好自己

二

总是梦里流泪

泪水湿透枕巾

我忍不住想您

父亲，您在天堂可好

今年的春天

又是一个倒春寒

窗外静静的叫人纳闷

几乎看不到进出的人影

父亲，我们没有距离

我在外面您在里

今年清明不能到坟前看您

有时间，打开网络

定能看到我的泪水

嘀嗒嘀嗒流进土里

三

哥,今年清明
无法去陵园看你
我想,你一定知道
天堂应该有捎去的消息
告诉你一个好消息
你家老二也给我们添了孙女
想想我们兄弟的过去
人世间里的亲情暖意

今夜,我炒几个好菜
举起酒杯,仰望星空
寻找那颗最亮的星星
一定是你又来看你的弟弟

记得,你还有我

月亮围着太阳走
月亮走,我也走
茫茫人海,缘分让你我牵手
生活中的你我,有喜有忧
你中有我,我中有你

春天,我是你的一枚花朵
夏天,我是你的一丝细雨
秋天,我是你的一颗硕果
冬天,我是你的一堆篝火

爱情的道路
坎坎坷坷,锅碰瓢勺的节奏
生活的坦途上
卿卿我我,甜蜜的温柔
一生一世,你我真爱

我认定你,是我幸福的拥有

你认定我,是你拥有的幸福

也许,你高兴的时候

欢呼,兴奋

我会幸福着你的幸福

忧愁着你的忧愁

也许,你有疾病的时候

痛苦,忧愁

我会感觉着你的感觉

痛苦着你的泪流

无论在什么时候

我为你遮挡暴风骤雨

你说我是你的眼

是你的腿和手

亲爱的,无论风雨如何变幻

记得,你还有我

一生足够

眺望远方

遥远的地方,歌声悠扬
那可是我心之所向
美妙的歌声,久久回荡
我已经走进梦乡

心飞翔,梦向往
在远方,歌声扬
跳动的心,眺望远方
草原上是否又飘花香
轻轻地摘一朵,美丽的花
亲手送到你的毡房
悄悄戴在你的头上

筷子，我爱你

轻轻一双

长出万般魅力

远看一样

近生情谊无比

我和你，天天在一起

你和我，感情写进饭和米

不知你

是男还是女

男人女人都爱你

想想你的好

想想你的理

不和你在一起

真的没道理

我说你，我爱你

吃饭时刻离不开你

你和我，感情写进饭和米
你和我，我和你
感情写进饭和米

节日里的温馨

三月的天，乍暖还寒
春风拂面，柳树吐芽
围在我身边的三个女人
母亲、妻子、女儿
明天就要过节

春天的阳光，格外诱人
明媚，娇艳，芬芳
犹如女儿爱吃的烤地瓜
远远飘来淡淡的香甜

母亲依然是老样子
喜欢在屋子里转来转去
搬个马扎坐在窗前
吮吸着阳光的味道
望着窗外放学的孩子

妻子的身体渐渐好了起来
骑骑自行车
做些喜欢的户外运动
春天的阳光
贪婪地照耀
树林，小溪，海滩，花园

阳光，透过窗帘
心情，一下子好了起来
明天的节日如何
看看朋友圈
各式的节日优惠活动

我想，还是领着妻子女儿
亲自下厨，和母亲一起
有说有笑，吃个团圆饭

春天已近

行走在三月的女人
春风拂面,标志动人
每一个节日
都要丈夫准备礼物

这个节日
普天下的女人
迎春花开,山花烂漫
给你整个春天
礼物是否称心

礼 物

春节后的节日

喜庆，温暖，诱人

微风和阳光

钻进朋友圈

一张张照片

惊艳春天，楚楚动人

晒晒节日里的礼物

是一顿美食还是包包丝巾

也许，你别出心裁

一首小诗，写得那样温馨

警钟长鸣,安全安全

绿水青山,我站在高处远望
祖国山河,处处金山银山
夜已不再寂寞,灯火璀璨
山已不再寂寞,绿树遍野
风已不再寂寞,穿梭乡间

嫩绿的小草,露出笑脸
清澈的小河,欢唱着向前
我问田野里的麦田
安全是否牢记心间

国旗和太阳同步升起
我们的双手时时紧攥
警钟长鸣,举一反三
滚滚洪流不断向前

仰望星空

星星眨眼，我不眨眼

守卫长城，心定志坚

我是祖国的一块砖

祖国基石，有我有你

一滴血，一滴泪，一滴汗

充满阳光的冬季

想都没想,这个冬季
充满阳光,难见雪飘
清晨的阳光,透过窗帘
照射到房间里
每天相遇冬日暖阳

三九天,气温有些低
只要有阳光,心里暖洋洋
还是感觉,今年的冬
不同寻常,空气清新
蓝天白云,天数渐长
我喜欢冬日里的阳光
期盼雪花飘舞的晚上

今年有些特别
晴天的日子长,期盼的雪花

在路上，我想了又想

如果有一天，阳光藏一藏

飘一天雪花，那该多好

因为，我喜欢冬日雪飘

喜欢看雪花漫天飞舞的模样

喜欢在雪地里行走

听脚下

咯吱咯吱的声响

金秋,在上海与你相遇

得知消息,我激动不已

也许,就在这个金秋

怀揣梦想,与你相遇

夜晚,月亮高挂

上海外滩的人群

多少诗友,倾听波涛

放飞思绪

一句句精彩的诗

诞生在这里

我乘着硕果的飘香

我乘着稻花的飘香

我乘着金秋的芬芳

与你相约

千里迢迢来看你

梦中，无数次来过

一切如此熟悉

自古诗人多豪迈

相约饮酒奈我何

颤抖的心跳，文人的相聚

陌生的我们，共同的话语

简短的文字，赋予生命的活力

难忘的相约，短暂的相聚

一首首美妙的诗行

像一片片落叶，根植泥土

上海，清晰的印记

我和你，你和我

彼此相约，穿越时空

跳动的文字

向上翻滚升腾

夜，繁星点点，仰望苍穹

我们寻找

自己书写的足迹

有缘相遇，荣幸三生

汉无伏生，则《尚书》不传；传而无伏生，亦不明其义。

——题记

  清晨的鸟鸣，夜是否睡醒
  揉揉惺忪的眼睛
  好像一场梦境
  月色朦胧，隐隐约约
  树林，山坳，一位老者
  当杏花、桃花盛开的时候
  快乐得像个孩子
  亲吻花香
  穿梭在鸟语花香间

  夜，繁星点点
  寂静的夜，有流星雨划过
  清晨的鸟鸣，阳光，露珠
  总是按捺不住激动

一页页书稿

饱含辛酸,饱含执着

深藏一层又一层

九十岁的老人

白眉白发,老态龙钟

把文化比作酒

那瓶最珍贵的酒

酒香四溢,与众不同

喜欢把酒言欢

彻夜长谈

赶走一个又一个黎明

境界,不断升腾

你中有我

我中有你

远远望你

背书,热血沸腾

执着，深藏，功绩，一生
屋壁藏书，留史奇功
流传至今的功名
进入视角
跳跃的文字，活灵活现
与你有缘，荣幸三生

难忘战友情

稍息，立正
报数，一二三四五六七……
向右看齐

熟悉得无法再熟悉
风里雨里摸爬在一起

无论你我来自哪里
革命锤炼一个整体
你离不开我，我也离不开你

年轻，潇洒，阳刚，帅气
行进的队列里
步调一致，整齐划一
很难分清哪一个是我
哪一个是你

夜色，笼罩不了训练的足迹
你的刻苦，我的毅力
年轻的汗水里
湿透多少个自己

我轻轻地喊你，你轻轻地回应
训练间隙相互勉励，凝结成友谊

踢腿带风，落地砸坑
步履匆匆，风华已逝

夜钻进被窝，睡在梦里
呼噜声声，是年轻的我和你

春夏秋冬，走过四季
增添的皱纹里，知否
我们的队伍充满情趣

眼前的影视剧,身影是你

为了保护人民生命安全

几次跑进火海里,毫不畏惧

繁星闪烁,映出威严的哨所

你挺拔的身姿,捍卫祖国荣誉

我想着你,你想着我

一个排的兄弟,分别几十载

天南地北,见面谈何容易

春天的暖阳,夏日的细雨

秋天的落叶,冬日的飘雪

年过半百的你我

牵挂已不是距离

知否,知否

我在想你,你在想我
只有穿过军装的,才能懂

是谁夜里不睡,消息闪烁
又是你小子,唱起快乐的歌

我想着想着,你的模样
像电影在眼前定格

摸了又摸,泛黄的老照片
见面可否清晰地分辨你我

想念战友,我的兄弟
一别三十多年,发福的是你

昨夜战友群里的热闹
点燃青春时光里的回忆

听，吹响的号角
看，激情的热血

夜，再也按捺不住
情，你在哪呀兄弟

战友，我想你了
想必，你也想我

难忘的过去，难忘的回忆
迎面走过的队伍
我在搜寻，行进中的我和你

春风春雨

小草真够调皮
拱破土地坚硬的肚皮
在沿黄的田野
吐露今年的新绿

黄河冰凌悄悄消退
柳树披上一层新衣
杏花耐不住寂寞盛开
桃花一路跑来
传递春的讯息

春雨在天气预报里玩耍
忽冷忽热,不愿亲近
期盼已久的土地
一朵花又一朵花
开在人们的眼里

杏花白桃花红谁也不让

白玉兰牡丹花争奇斗艳

草地从一点绿意泛起

山河新装

树想远行

春风放飞纸鸢

吹开花朵的梦

红黄绿白黑蓝粉紫

笑醒春天,呼风唤雨

黄河春色

黄河奔流
黄沙不顾春夏,一路向前
湍急的水流无暇顾及风景
沿黄的柳树吐芽
悄悄告知春的脚步

杏花开了,桃花红了
静静的河水在春天流淌
默默耕耘的黄牛走出田野
一群群山羊寻找嫩绿

黄河大堤把春天的故事
用柏油路铺成长长的相思
大自然的恩赐
一代代黄河人
将黄河情怀写进春色

习习春风吹动斜斜细柳

在春天

雕刻黄河的春光

滨州之春

一缕春风从蜿蜒黄河边启航
黄河之滨春暖花开鸟语花香
黄河大集春节年味飘着余香
杏花梨花开遍滨州大街小巷
沿黄的桃花粉嘟嘟的脸庞
是否记住姑娘小伙的模样
滨州的春天是花的海洋

我把夜里的光线藏了又藏
月光还是把故乡照得很亮
谁的一声咳嗽
月亮掉在水里
湖光山色
又把月亮挂在天上

来不及想却想了又想

还是把夜幕拉下来
手中没有足够的力量
心里还是那么坚强
天上的繁星
眨着眼睛
看人世间的繁忙

四月,在一朵花上寻你

就在去万达广场
麒麟阁的路上
迎春花和连翘花开
行人忍不住驻足观赏
拿起手机左拍右拍

春天,与你撞个满怀
期待风,春天的风
有暖的鼓励,不再
冷飕飕,阳光
落在脸上
轻轻地搓搓手
轻抚脸庞

风轻轻地告诉
杏花桃花樱花

开在春风里

红的白的粉的

姹紫嫣红

行走在路上

最亮的光芒

夜，有星星，月亮
白天，有太阳
光芒，在我们前方
那束光，总是那么亮
我行走在路上
寻找属于我的
哪怕一丝，我不会惊慌
我喜欢那亮亮的光

生活中，有朝阳
干劲足，有方向
前行中，有亮光
走得正，心不慌
我喜欢黎明的曙光
我喜欢夜晚的光亮
不仅仅是喜欢

我还要发光

尽管我的光还不是

那么耀眼那么亮

我想只要努力

哪怕是一丝亮光

能够给后来人

一丁点启示

我就是

最亮的光

爱情不会变老

当我遇见你的时候

我渴望爱情,满园春色

杏白桃红,抑制不住内心激动

自古姻缘由天定

千里姻缘一线牵

我和你,注定相爱终生

走过风和雨,守护爱情

每年的生日礼物,看你的笑容

今年送你一首昂扬向上的歌

我们随风雨见沧桑

相伴日月看人生风景

在平凡的日子里积攒爱情

岁月不等眨眼

转眼又是一年

我们的路已走到人生半程

不知不觉中，锅碗瓢盆的交响

书写着清晰的爱情

你和我，我和你

在这和谐的家庭

相爱着慢慢变老

最美不过夕阳红

站在人生高峰，看沿途风景

蓦然回首，年轻时我们不懂爱情

绿色军营战友情

战友啊,战友,我的兄弟
战友是天,战友是地
有了战友顶天立地
战友有情,战友有义
有了战友重情重义
我们来自五湖四海
战友战友亲如兄弟

操场上,我们一起挥汗如雨
平时多流汗,战时少流血
牢记使命,时刻不能忘记
训练场上,我们不忘初心,战天斗地
冬练三九,夏练三伏
认真重复动作,训练整齐划一
我爱绿色军装,我爱绿色军营
我爱战友,谈天说地

我和你,来自不同的方向

不同的地域

军营练就我,练就你

练就我们一帮好兄弟

抗洪救灾,我们是坚强壁垒

火灾现场,我们不畏火势

勇救百姓

平时勤演练,灾时保平安

我们要把人民子弟兵的大旗

插在灾情最严重的地方

我们在,群众心中就有底

看到解放军武警官兵

百姓就知道安全了

我们来自五湖四海

我们有共同的心愿,保家卫国

我们用青春和汗水,甚至用生命

捍卫我们的誓言，

不忘初心，继续前进

战友啊战友，亲爱的兄弟

又是一年八一节

我看到你奋战在抗洪救灾现场

来不及打一个电话

我，我们，我们亲爱的战友兄弟

多长时间没有相聚

看到你疲惫的身影，我不能打扰你

你和你的兄弟

险情大堤显身手，铁血担当抗洪魔

感谢你，人民子弟兵

我的好兄弟

心中永远装着人民群众

不畏艰难，不怕牺牲

在极限处坚守，挽狂澜于危难

祖国和人民相信你

我的战友，我的兄弟

胜利属于人民

胜利属于我们

胜利属于我们伟大的祖国

我相信，我坚信

祖国和人民不会忘记

我的战友，我的兄弟

我自豪，我曾是一名武警仪仗队员

夜里时常梦见

嘴里经常默念

向右看，举枪

多么熟悉的军乐

多么熟悉的场景

经常在电视和梦里出现

我总是心潮澎湃，激动万千

想起我和我的战友

曾经的武警仪仗队员

从新兵连到仪仗队

层层选拔，精挑细选

进入梦寐以求的仪仗队

激动多少个夜晚

每天的训练从不怠慢

起早贪黑

老同志手把手教会

克服一个个动作难关

不忘老班长的教诲

时常激励勇往直前

想起来是笑谈,回忆满满

拔军姿,踢正步,压脚尖

一个班就是一个集体

天天在一起学习训练

我们来自五湖四海

口音不同,我们有缘

世界这么大

我们兄弟却在一个连(中队)

不管是来自哪里还是哪年入伍

部队优良传统不能变

互帮互助结下深厚情感

事业高于青春,仪仗重于生命

铮铮铁骨,立下壮语豪言
年轻的小伙,时代的壮汉
踢腿带风,落地砸坑
每一次表演
人们发出由衷的赞叹
武警仪仗队,军队典范

台上一分钟,台下十年功
全训练队的训练
令其他中队刮目相看
正步,单兵训练,排面训练
到一次次预演,表演
展示当代军人的风姿
训练场上,你追我赶,热火朝天
训练间隙,我们有拿手表演
唱唱歌,做做游戏
团结紧张,严肃活泼
每次接到任务表演

训练认真,动作精湛

精益求精,一遍又一遍

训练无误差,我们才表演

分列式,阅兵式,三把枪的英姿

每步七十五厘米的步幅

什么时候测量都做到精准

枪线,脚线,手线

一根绳子测量,整齐美观

刺杀操,惊心动魄的训练

那气势、那场面杀声震天

整齐划一,枪刺与我们肉体

碰撞,喊出武警的威严

我们代表的不是自己

对外展示祖国的门面

亲爱的战友

无论年华已去多少年

无论什么时候

都不能忘记

我们曾是仪仗队员

稍息立正报数训练

摸爬滚打一天又一天

青春易逝，时光流年

我们在记忆里找寻自己

青春的印记，潇洒的青年

定格那一张张老照片

曾记否，出门18路终点站

那个叫小关的地方

承载我们多少诗和远方的思念

那里有多少美好的回忆

没有爱情却有一群生死兄弟

好想约一下老战友

再回到仪仗队的根据地

组成老年仪仗队，梦回当年

一名名老队员

稍息立正,站进队伍里

听队长发令,指导员教育

场上的严厉,场下的兄弟

向右看,举枪

阅兵式,分列式

仿佛离我们不远

我们行进在新时代的队伍里

齐步换正步,一二

整整齐齐,威武庄严

新诗的诱惑

我喜欢诵读
唐诗三百首
千家诗的魅力
经典永流传

我在诗里读你
你在诗里看我

诗人,感情,山水
笔下的春天
我喜欢,飞流直下三千尺
更喜欢,会当凌绝顶
一览众山小的感觉

我,在诗行里前行
曾经的梦,也许就是诗人

曾经的场景，月下独酌

莫使金樽空对月

跳跃的诗词格律

如思想的文字

在心底行走

诉说时代的脉搏

新的时代，伟大的祖国

文化自信，滋润着

诗歌的魅力，太阳般

照耀山川林木江海湖泊

生活，不缺少诗歌

我们在唐诗宋词中穿梭

汲取中华五千年文明

磅礴之力，拳拳之心

凝聚，我和我的祖国

新时代，新征程

上下五千年

诗歌，讲述，传颂

你，我，他

祖国，长江，黄河

春到滨州

流淌的冰凌化成水滴

没有嘀嗒的声响

太阳把天气转换成制暖模式

春风唤醒沉睡的花香

双脚与大地浸泡在水里

黄土落在纸上

正月十五的那场雪，记忆犹新

潇潇洒洒绵延千万里的银色时光

春色起意，雪后暖阳落脚在时光之上

八千里路云和月

黄河腾飞，壶口遐想

大地返青之前，黄河之水

翻山越岭，飞驰而下

流经我的家乡

春天描绘黄河滨州之美

穿城而过的河水

讲述渤海之州黄河之滨历史篇章

奔涌到海的黄河水

融入朦胧月色的诗行

哪里有春色,哪里是家乡

哪里是黄河,哪里是海洋

在滨州,知滨州

爱滨州,建滨州

高铁高速港口机场,轮机轰然转动

一场新的对话即将开始

数不清的奋斗故事从我身边流过

黄河流淌着我的心事

我是黄河的一滴水、一个汹涌的波浪

初心不忘,追逐梦想

追逐阳光,追逐希望

家园里的诗行

低矮的院墙,风吹过墙头
院子里的几棵老树依然挺拔
门锁的记忆里有数不清的故事
调皮的孩子在胡同里追逐游戏

有山有水的邹平韩店
梦里梦外,条条大路通向外界
尽管在地图上仅仅是一个点
伏生舍命保护和传承《尚书》的佳话
从古至今传遍每一个角落

韩店,是文化传承的韩店
每年的诗会,家乡热闹起来
起初是滨州诗人,现在遍及全国
韩店走进诗行,跳跃的文字
活跃的思绪

梳理《尚书》留给世人的文化遗产
清晨的几声犬吠和公鸡打鸣
把我从梦幻中拉了回来
顺着弯弯曲曲的山路
走进生机勃勃的画卷
细雨斜风，风光炫丽惹人醉
在故乡，把韩店细细品读

走向小康生活

风轻轻流过
吹走那片不洁净的污水河
院落不见柴草
牛羊走进养殖场
整洁的街道
把过去的记忆悄悄收藏

山越来越绿,水越来越清
蓝蓝的天空,不见难闻的气味
第一书记深扎农村生活
同吃同住精准脱贫
结出新硕果
美丽乡村
双手致富走出穷窝窝

留得住的乡愁,石板流水间

墙绘巧妙地走进童年回忆
火红的辣椒，香甜的瓜果
特色的农产品
家乡的美，祖国的山河
好一片山光水色

母亲河

我生长在黄河岸边的村庄

每天都能看到黄河流淌

就像母亲的乳汁，滋润心房

静静观水，汹涌澎湃

母亲河，向我诉说英雄的模样

儿时的伙伴，在河边打草

在黄河岸边捉迷藏

畅游黄河，南来北往

如今的母亲河无限风光

年幼的伙伴已白发苍苍

相约到黄河看河水流淌

是谁改变了黄河原来的模样

顺着黄河古道行走

追赶黄河入海流的风光

庄　稼

我出生在农村

喜欢农家的四季

炊烟袅袅，辛勤耕耘

一年四季，庄稼的生长

老农的期盼，丰收的喜悦

家乡的庄稼在黄河岸边

成片的农田很壮观

这边的玉米，那边的大豆

收获的季节，机器轰鸣

期盼收获的乡亲，一脸的喜悦

我喜欢现在的农业机械化

原先五月人倍忙，家家忙收割

起早贪黑，腰酸腿疼

如今机播机收机种

农民轻松了许多

我爱勤劳智慧的农民

期盼庄稼的丰收

我爱金黄色的秋天

收获,一年最美的季节

心寻一座未见的山

今年五一
我没有去拥挤的高速路
而是近郊游玩，走进剧院
听一个
关于青春、爱情、岁月的民谣

心寻一座未见的山
海鸥飞翔，静静地思考
喝一口黄河水
感受幸福的味道
海边看景，森林氧吧
爬山锻炼，江南小桥
寻找一个理想的安居之地
就像小鸟在大树上筑巢

在田间打草拾麦穗哼着歌谣

踢着一块石子回家

黄河从我门前流过
幸福住进安乐的小窝
就让那时光别停留
在滨州,有人间烟火的味道

我把住所告知江河湖泊
风传递春天的信息
五颜六色的鲜花盛开
这是我的花园,我用彩笔勾勒
应该留白的已经留白,足以
幸福的香溪

童　年

手里的镰刀飞舞

草地变成空场

坐在包袱上读书

一字一句记下，做人的道理

夏天的汗珠流下来

跳进河沟里

爽快，笑语飞扬

伙伴们没有忧愁

跑到桥头上起跳

高空跳水，姿势并不优美

惊呼胜过笑声

走过春夏秋冬

翻阅人生

美好的过去

快乐的小鸟

惊醒小草的睡意

啾啾鸣叫

露珠瞪大眼睛

声音从何而来

飞过树枝,跳在树梢

跳来跳去,引来同伴嬉戏

高兴来个蜻蜓点水

在大地上寻找

可以解馋的虫子

把快乐分享给春天

夏天的早晨起得更早

冬去春来,一年四季

起得最早,窗外早早地

迎接太阳,逗人欢笑

致　敬

风跑起来追逐云朵

阳光下，一群人

摸爬滚打默默坚守

为祖国筑起铜墙铁壁

一朵云又一朵云

天空蔚蓝，太阳笑起来

六月的田野

麦子被机械收割成粮食

丰收的喜悦挂在脸上

车水马龙的大街小巷

黄马甲是一道风景

把城市装扮得温馨亮丽

城市是家，家是城市

你中有我，我中有你

诗行里

风景如画，有诗和远方

诗韵如歌

平凡的世界里不平凡的人生

奉献付出值得尊敬

故事里的故事

温暖如春

山 水

望得见山，看得见水

我的家乡好美

黄河从我身边过

几座大桥架南北

联通世界无限美

粮丰林茂

宜居城市

周末骑行近郊游

一行白鹭齐飞

黄河楼承载历史古韵

蒲台古城穿越时空之美

一代帝师杜受田故居

春夏秋冬铸成历史丰碑

三河湖夕照打鱼船归

北海大道通往东西南北

蓝天白云湖海林木

阳光下更美

一群群牛羊在黄河大道媲美

西纸坊古村落袅袅炊烟回味

家乡的山水跃然纸上

一阵阵风吹黄河之水

险工治理黄河安澜

奔涌到海永不后悔

快 递

轻轻地交在你手里

不论远在天涯

还是近在咫尺

开始暖心的传递

等待不再是距离

我和你,你和我

在这天地相遇

匆匆行进的道路

有时擦肩而过

有时走在一起

一件件在途中穿梭

耐心等待

山河故人的印记

一个个未来的记忆

高空挡不住轻快步履

时空不隔,你与我相遇

西 瓜

圆圆的脑袋长在土里
喜欢土更喜欢沙土地
从幼苗走向成熟
瓜农清晰记得生长的天数
我也一样,身上有土
喜欢在田野种植收获

现在不仅有红瓤黄瓤
开发的新品种越发新奇
过去的大西瓜被小西瓜代替
居家过日子算得精细
品质生活愈发甜蜜

在田地里细数圆圆的脑袋
今年瓜甜丰收
销售点地图运用智慧城市

不再起早贪黑到市场上为摊位焦急
手机支付一扫了之
瓜农的笑脸在城市里洋溢
回望田野幸福无比

美丽的遇见

黄河穿境而过

水在这座城市

黄了又清,清了又黄

一年四季掀起涟漪,水韵

奠基整个城市

滩区的群众大都搬出村庄

水涨水涝饥饿逃荒的过去封存

沿黄的骑行道成为城里人的观光之路

垂钓者执着等待黄河刀鱼、鲤鱼上钩

一座城市的市花把市树叫醒

看风里的云,地上的景

静听雨下滴答声

三十六桥七十二湖

到处都有流水声

流过滩区草地树林房屋的黄河情

遇见那座叫滨州的城

春天在哪里

春天在哪里？春天在哪里？
我问大树，我问小鸟
大树告诉我：柳树吐芽，树枝变绿
小鸟告诉我：燕子飞来，小树长高
我追着河流，爬上高山
春天在哪里？春天在哪里？
山川树木江河湖泊向我微笑示意
春天在你的脚下，小心脚下的小草

春天在哪里？春天在哪里？
我问高山，我问小溪
高山告诉我：冰雪融化，山河翠绿
小溪告诉我：脚下松软，花开满地
我爬上高山，追逐黄河入海
春天在哪里？春天在哪里？
田野机械轰鸣，拉开春的序曲
杏白桃红，春天盛开在祖国的怀抱里

祖国的春天

眨一下眼睛

小草长出睡梦

春风扑面

急切地去河边看柳

是否发芽

连翘迎春

风也不停一停

脚底下的土开始松软

我高兴地走向麦田

绿色，晃了晃眼睛

我的祖国啊

晨读爱学已养成习惯

强国有我，接续奋斗

我把使命扛在肩

一起走向辉煌明天

歌颂祖国

每当五星红旗高高飘扬
我就会高唱国歌
因为热爱我的祖国
喜欢红旗的颜色
无论走在何地,出入任何场合
时刻不忘黄皮肤的我和我的祖国

我想写一首诗,送给我的祖国
我想作一首词,唱给我的祖国
我想做一幅画,描绘我的祖国
祖国啊!祖国,新时代的中国

我热爱我的祖国
人杰地灵,幅员辽阔
五千多年的文化
源远流长,文明古国

我想唱支歌，献给伟大的祖国
自信的祖国，走向强大的祖国
我喜欢中国，凝聚新时代，气势磅礴
我愿为了您，奉献一切
甘愿为您，献出青春，赴汤蹈火

太湖山图水影景色美

双脚在长兴迈动
实感太湖之美
一曲太湖美
山图水影在脑海扎根
望得见湿地,看得见湖水
湖光山色,鸟飞鱼翔
眼前如梦境
小雨淅沥,湖边行走
我把太湖看得真切
湖水尽显风姿

去长兴传媒,路遇太湖
近距离接触
太湖美,太湖美
春光洒在湖面上
水墨山水尽显太湖美

深秋之景的演绎

茂密的芦苇

风吹萧瑟的秋景

水雾渐起,若隐若现

仙境般的美丽

随风摇曳的芦苇荡

藏匿多少故事

湖面波光粼粼,一行白鹭齐飞

俯瞰鱼米之乡丝绸之府建材之乡之美

长兴四宝三绝,惊艳世界

湖水波光,福美长兴

太湖风情,令人陶醉

以春天的名义

以春天的名义

发出邀请

邀请四海宾朋

相约滨州

观中海迎春风看风景

站在航母上遥望

天桥地桥人桥,看滨州人杰地灵

春风拂面,细细品读

中华优秀文化之传承

以春天的名义

发出邀请

邀五湖四海的兄弟

会聚滨州看风景

黄河波涛汹涌

好客滨州热情

逛狮子刘庙会

观古村镇千年风景

穿越千百年

回顾滨州之神韵

以春天的名义

发出邀请

邀四面八方的文友

到滨州采风

书写滨州的过去与未来

撸起袖子加油干

向着新起点，冲锋，冲锋

王家庵扶贫诗笺（组诗）

作为帮扶责任人
进村王家庵
报表上详细的几户人名
不习惯的乡村路
汽车也颠簸
村里，见到年轻的村支书
二十七岁的小伙子，精神
简单的寒暄，直奔主题

进村帮扶，肩扛责任
你不脱贫，我不脱手
习惯，在村里和乡亲
直白的语言，亲近
八十四岁的老大娘
我是您的帮扶责任人
您老现在身体怎么样

弓背的老人，质朴
坐在一起交流谈心

开门看院子，进门看房子
深知扶贫重任
五看一问，树立信心
沉得下，稳得住，不搞花拳绣腿
包保的每户每人如何施策
反反复复推敲思忖
因人而异，分析精准
六十八岁的老汉，养的羊群
山羊开始下崽，咩咩地追逐羊群

王大哥的电话

自从进入村庄
和王大哥结亲，就有一份亲近
电话交流得更亲更深

年龄是有点大

身体不是很好,腰椎压迫神经

力所能及的劳动

在家门,做环卫虽然艰辛

也是一笔收入,还能服务乡亲

只要动起来,汗水流露认真

一个人的日子

幸福也会敲门,会说嘴巧

干起活来踏实得很

村里的大嫂大婶

喜看王大哥的变化和精神

屋里屋外焕然一新

牵起红绳,上门相亲

脱贫的王大哥

一有时间,电话谈心

抒发对美好未来的憧憬

王大哥我愿结识你这样的乡亲

质朴,坦诚,认认真真

乡村振兴

整齐的街道,优美的环境
傍晚的广场舞,村庄一股清新
农业产业园的建成
在家门口摇身成为工人
海棠苑,玫瑰园,香椿林
在花海的世界打工
花香扑鼻而来
蝴蝶飞舞,前程似锦

铁编产业逐步壮大
村民、产业工人,双重身份
不再腰带草绳、手拿镰刀收割
土地流转惠及乡亲
田间机械喷灌省时省力

路桥打通封闭的乡村

手机支付不只属于城里人

电商物流进村

外出务工返乡的年轻人

扶贫与扶志扶智搭上亲戚

精准施策,乡亲不再怨天尤人

只要有信心,黄土变成金

如今的王家庵村

寸土寸金

夜里有一盏灯

今夜的风

自由地来自由地走

任凭自己发出呼呼的响声

吹过窗前的宁静

今天太阳高照,暖暖的像夏天

瞬间把有条不紊的思绪拧成绳
盘根错节，心神不宁
脱贫攻坚不是一次轻轻松松的冲锋
站在扶贫的队伍，就要找准
病根，拔掉穷根
青春年华，不负乡亲
因为，还有人，还有一群人
看着我的神情

久别的故乡(组诗)

相邻的村庄
低头不见抬头见的乡亲
自己感觉很近,外人更分不清
时常把两个村喊成一个

齐耿,于新,两个行政村
村庄太近,炊烟相闻
黄河水的养育
一条沟,一条路
一直走,一条心

村西的那座桥

村西一条干沟
水从黄河来,水往下游送
年年清淤,下游的乡亲出河工

春天,黄河放水下游灌溉

秋后,乡亲们出工清淤

连接东西的那座桥

一根根铁管连起来

孩子在桥上行走,家人怎能放心

直到有一天,一座真正的桥形成

夜晚来临,乡亲们围拢着谈心

棉花地

从春天开始,营养钵

播种,育苗,薄膜覆盖

幼小的棉苗,抬头望着阳光

密虫蚜虫的来临时常闹心

只有氧化乐果还有聚酯类的药物

才可以取得阶段性胜利

黄河边上的庄稼

河床离得很近，虎口夺粮的决心
漫过河床的水，黄河大水逼近
把庄稼淹没，甚至不想退去

一天天的辛勤，就要成熟的庄稼
看着揪心，期盼来年
黄河水不来侵犯大豆、高粱
跟着勤劳的人，认认家门

齐家屋子

远远望去，黄河滩区的一所房屋
在庄稼的包围之中
感觉更亲

一条黄河，南北成邻

河南面的乡亲

穿越黄河，河北面种植庄稼

为了收获，在河的对面扎根

荷塘月色

牧童归来，炊烟升起

家边的荷塘，蛙鸣阵阵

乡亲们回家

倚门而坐

小院里传来的温馨

说笑的高嗓音，乘着月色

围坐在池塘边，手里的蒲扇

一边赶着时光，一边吹着乡音

酒香醉人（组诗）

高粱在田野里站久了
总想倒在发酵池里歇一歇
勤劳的工人师傅
在高粱身边指指点点

有一股熟悉的味道
像爷爷身上的
弥漫在天空生成遐想
天上最亮的那颗星
感觉既亲切又光亮
爷爷去了天堂
变成一颗星
在天上注视亲人
星河里也有亲人
一直喜欢酿酒的爷爷
把酿酒师的名号擦亮

酒香弥漫

醉倒十里八乡

蛙鸣又鸣

一把蒲扇

摇动夏天

热热热

连续高温,身上的汗

黏在身上,一种不自在

在夏天生长

夜晚蛙鸣又鸣

窗户打开,没有风

窗外的月亮

一如既往

干脆打开空调

驱走一天的闷热

朋友相邀门口酒馆凑场

菜过五味，酒过三巡

小时候的不容易

是年过半百后常提的话题

一把麦穰，一块砖头

一场电影，一夜闲话

小时候的夏天是清凉的

没有空调响动

一把蒲扇

摇动夏天

风会从炎热里变凉

捷　报

夏天烈日炎炎

期盼一丝风凉

树上的蝉鸣

呼唤同伴一起鸣叫

过路的小鸟也不含糊

烈日下一阵烦躁

高考的成绩已经公布

有人欢喜有人忧

我身边没有考生

关心自然的并不止高考

孩子的研究生毕业典礼即将举行

心中狂喜孩子毕业了

我也收到了获奖的消息

呼妻唤子，双喜临门

黄河岸边是故乡

故乡留了个口子

扯开可以大,可以小

想家了,钻进去

黄河奔流,定格

童年的时光

思绪

随麦浪翻滚

沿黄,我的村庄

夏日在麦场

扬场的农把式

看好风向

麦糠一扬随风飘荡

麦粒自由飞翔

匍匐在地上

像受过正规训练的

仪仗兵

春暖花开，日月留香

记忆里的过去，还在生长

春的芬芳，夏的炎热

秋的收获，冬的洁白

踏上春光，倾听花的歌唱

花几瓣，符合我

花几朵，属于你

阳光，春色，花香

在地里刨食

熟知节气，该种该收

看云识天气

深知马不吃夜草不肥

牛几时喝水倒胃

一声啼哭，几声犬吠

村东头的那口深井

夜晚能吞掉月亮

不知那群可爱的猴子

是否还那么调皮

送走夜光的黎明

早早地推开门

一根扁担上肩

一口清澈见底的清水，解渴

大锅熬出的饭汤，喷香

情暖暖，路长长

趁着挑水，也能搭讪

总有人把恋爱谈到井旁

其实养人的还是手擀面

绿豆粥，疙瘩汤

喜欢集体劳动的场面

风风火火

场面不一定热烈

头顶烈日，寻找树下的阴凉

雨生百谷，自然和谐

春种万粒，精心培育

一垄一畦，盼着日头

学会薄膜覆盖，营养钵

科学种田，不虚度时光

我的故乡，就在黄河旁

黄河水流，低头思乡

白天有太阳

夜晚有月光

风吹着太阳

树叶沙沙响

白杨一片片

柳树一行行

彳亍不愿走

阴云驱散，迎来阳光

追逐思绪

想家的时候，钻进去

翻阅旧时光

后 记

从小喜欢写作的我,有一个作家梦。无论成功与否,我都在坚持。坚信,只要坚持,定有收获。

1986年,参军到北京。从1988年开始,尝试新闻报道,为报纸做业余通讯员,经常写一些反映部队生活的小"豆腐块",偶见报端。尽管如此,我还是乐此不疲,这对我以后从事新闻道路奠定了基础。1991年,当我拿着在部队发表的作品应考现在的单位时,感到非常自豪。经过笔试、面试,层层选拔,终于如愿以偿,成为县(区)级媒体的新闻记者。回想起来,到现在,我涉足新闻采编工作已经三十多年。

当记者，当着当着就成了"杂食性动物"。除了写消息、通讯，也写言论文章，诗歌、散文、报告文学、歌词、童谣偶尔也写，散文、诗歌写得最多。

我热爱诗歌创作，尽管写作水平不高，但依然坚持创作，三十多年来创作了大量诗歌。出版过诗集《感受生活》《感受生命》《感受亲情》《感受四季》，很多诗歌被《黄浦江诗潮》《上海滩诗叶》等大型诗选集收录。诗歌，无处不在。诗歌，使我的生活多姿多彩，使我更加自信阳光。一年三百六十五天，我天天在诗歌中感受生活之美好，感受诗歌的力量。

这些年，在各级作协领导和各地文友的关心鼓励下，有了这本诗集。感谢远在上海的中国作家协会会员、华夏微型诗创刊人黄叶飘飞老师为诗集作序。感谢新华通讯社特聘内容总监、中国新闻奖评委赵秀富，感谢《读书报》原编辑、著名诗人陈满平，感谢《中国人口报》编辑王瑛、王家玲、赵大力，感谢《中国少年报》编辑李琦、吴峥岚等老师和山东省、市、县（区）广播电视台的老师们及这些年来对我关心支持的滨城融媒同仁和妻子女儿及家人的大力支持和鼓励，在此一并表示感谢。

  我借结集出版的机会，对一些作品的字句漏误做了纠正，按编排结集的需要对少数作品标题做了适当整合。恭请各位读者与文友批评指正。